寿司銀捕物帖

イカスミの嘘

風野真知雄

角川文庫
24330

目次

第一話　イカは嘘つかない

一

「なんだよ。満員かよ」

「すみませんね。またのお越しを」

「またのお越しって、いつ来ても満員じゃねえかよ」

客がぶつくさ言ったとおりで、日本橋《にほんばし》の魚河岸《うおがし》にも近い、小網町《こあみちょう》一丁目のここ〈銀寿司《ぎんずし》〉は、数あるすし屋のなかでも、大変な人気を誇る店である。

銀寿司のすしは、もちろん握りずしである。一口にすしと言っても、幕末も押し詰まったこのころには、さまざまなすしができていた。

いまも残るもので言うと――。

大坂《おおさか》由来の押しずし、箱ずし。

散らしずし、ばらずし、五目ずし。

いろんな具材を海苔《のり》で巻く巻きずし。

油揚げに酢飯を詰める稲荷《いなり》ずし。

さらに地方に行けば、鮒《ふな》ずしだの、柿の葉ずしといった変り種もある。

握りずしが誕生したのは、諸説あるが、江戸時代の文政年間（一八一八～一八三〇）で、両国《りょうごく》にあった〈与兵衛《よへえ》ずし〉のあるじ、華屋《はなや》与兵衛の考案というのが有力とされる。

誕生するや、握りずしは大人気となり、それまで人気だった大坂由来の押しずしをたちまち凌駕《りょうが》してしまった。

店の形態もさまざまである。

もともとすしは、屋台で売られる安くて、手っ取り早い食いものだった。

そのうち、店頭で持ち帰り用のすしが売られるようになると、とんでもない値段で高級化したところも出てきた。

やがて、店頭売りをしながら、店内で食べさせるところも増え、ついには料亭でも出されるようになった。

ここ銀寿司は、店頭売りはせず、店のなかで握りたてのすしを食わせるという、料亭に近いかたちを取っている。いわば高級店と言っていいのだが、そのわりに値段は安い。流行《はや》るのも、当然というわけである。

すし屋というと、現代のカウンターを思い浮かべる人が多いだろうが、それはほとんど昭和の時代になってからである。

銀寿司は、広い座敷を、衝立《ついたて》で区切るようになっていて、客の人数に合わせて区切りを変えて座らせる。そこへ、皿に盛った握りたてのすしが運ばれる。すしは、現代のコースのように、値段によって、ネタや数が違っている。追加で単品を頼むこともできる。客は、予算と好みに合わせて、さまざまなすしを味わうことができるのである。

面白いのは、調理場である。

客席の外れに板の間の調理場があり、すし職人はここで正座をして、すしを握っていた。このころ、すしは職人が正座で握るものだったのである。

その向こうには、土間もあり、こちらでも職人が、ネタの仕込みをおこなっている。もっとも、冷蔵庫などがない時代であるから、すしネタには、さまざまな工夫が凝らされている。それだけに、仕込みにも手間と時間がかかり、客が入るころには、ほとんどの仕込みは終わっていた。

「松のすし、二人前です」

女中が、調理場に客の注文を伝えた。

「あいよ、松のすし二人前」

あるじの銀蔵《ぎんぞう》がうなずき、すしを握り始めた。

銀蔵は、歳は五十を幾つか出たあたり。がっちりした身体つきで、苦味走った、男臭い顔立ちをしている。

その隣で、同じくすしを握り始めたのは、おやじには似ず、さっぱりしたいい男のせがれの銀太《ぎんた》。その下に、まだ童顔の次男の銀次《ぎんじ》がいるが、こちらは修業が足りないというので、客の前ではすしを握らせてもらえない。

銀蔵は、すし名人の誉れも高い。

握りの技はもちろん、魚の目利きとしても、魚河岸で知らない者はいない。

だが、せがれの銀太も、いまはおやじをしのぐほどだと評判である。

今日もなじみの客から、

「大将も、そろそろ隠居していいんじゃねえのか?」

と、声がかかった。

「冗談言っちゃいけねえなあ。おれがすしを握らなくなったら、毎日、なに握って暮らせばいいんだよ」

「自分で握れるものはいろいろあるだろ」

「おいおい、おれは下ネタは握らねえぞ」

「あっはっは」

そこへ別の注文が入った。

「大将。シンコはあるかい？」

「ああ、あるよ」

ぶっきらぼうな返事をしたが、銀蔵は嬉《うれ》しかった。

これぞ江戸《えど》っ子の味だろう。

江戸の握りずしは、もっぱら江戸前と称する江戸湾の魚や貝、エビやタコなどをネタにする。外海で獲《と》れるのは、マグロやカツオなど、一部の巨大魚くらいである。

シンコとは、成長するにつれ名前が変わる出世魚のコノシロの、まだ二寸（六センチ）に満たない幼魚を指して言う。いまは六月（旧暦）。江戸湾では、この時季に大量に水揚げされる魚である。

この魚は、シンコ、コハダ、ナカズミ、コノシロと名が変わり、最大のコノシロになると、六寸（十八センチ）から七寸（二十一センチ）ほどになるが、じつは刺身にしても焼いたり煮たりしても、たいしてうまい魚ではない。ところが、塩と酢で締めることによって、素晴らしくうまいすしネタになるのだ。

ただし、小さいシンコを切り身にして、塩と酢で締めるには、手間もかかれば、仕上がりの時間には勘も必要である。そうやってできたシンコは、小さいので、銀蔵は半身三枚を並べて一つのすしにして握ってやる。涼しげな色合いといい、キリッとした味わいといい、夏にぴったりのすしネタである。

「へい、お待ち」

「これだよ。銀寿司のシンコを食うと、ああ、夏が来たなと思うんだよ」

客からそう言われると、かかった手間も報われるというものである。

二

暮れ六つ（午後六時）から夜五つ（午後八時）にかけて満員だった座敷も、ぽつぽつと空きが出てきたころ——。

のれんをかき分けて入って来た二人連れの客の顔を見て、あるじの銀蔵の顔が、塩でも振られたみたいに引き締まった。

「これは、旦那《だんな》……」

銀蔵は立ち上がって、調理場から玄関口まで挨拶《あいさつ》に出た。

「久しぶりだな、銀蔵」

と言ったのは、北町《きたまち》奉行所の定町廻《じょうまちまわ》り同心、谷崎十三郎《たにざきじゅうざぶろう》だった。

背が高い。六尺二寸（一八六センチ）ほどある。よく目印や、待ち合わせの場所がわりにされたりする。しかも、痩《や》せているわけではないので、堂々たる押し出しである。

かつて、谷崎と銀蔵がいっしょになって江戸の町を闊歩《かっぽ》したころは、見た目だけでも悪党どもを圧倒したほどだった。

その谷崎も、五十代半ばになって、髪が白くなり、瞼《まぶた》が垂れて目元が穏やかになり、往年の迫力はない。

「一年ぶりくらいですか」

と、銀蔵は言った。

「そうだな」

「具合が良くねえと、ちらっと聞いたのですが」

よく見ると、顔の色もどす黒い感じがする。

「いまも良くねえんだ」

「あっしも同じです。寄る年波には勝てねえってやつでしょう」

「おめえはたいして変わらねえよ。それで、こいつだがな」

と、後ろにいる若者を振り返った。

「ええ。すっかり大きくなって」

せがれの十四郎《じゅうしろう》である。銀蔵がたびたび谷崎家に顔を出していたころは、まだよちよち歩きだったはずである。だが、いまや立派な若者に成長した。父親と比べると若干足りないが、やはり背が高く、鼻筋の通ったところもよく似ている。

「今度、定町廻りの見習いになった」

「それはどうも、おめでとうございます」

「ついては頼みがある」

「頼み……」

嫌な予感がする。

「ちっと、近くまで付き合ってくれ。すぐ近くなんだ」

「はあ」

銀寿司は、小網町一丁目にあるが、三人はそこを出て、江戸橋のほうに向かった。

江戸橋は渡らず、手前を右に折れる。

「もしかして、〈イカ将〉ですか？」

銀蔵が谷崎に訊《き》いた。

「ああ。聞いてたか？」

「殺されたとは聞きました。店を開けたあとだったので、すぐには行けなくて、のれんを入れたら、お通夜に行こうと思ってたんですよ。昔からの知り合いなんでね」

「そりゃあ、ますます都合がいい」

店の前まで来た。「忌中」と書かれたすだれが下がっていた。

「おめえ、線香をあげて来な。おいらはここで待ってるから」

と、谷崎はわきの家の壁にもたれるようにした。かなり具合が悪そうである。

銀蔵は、香典の用意もしていなかったが、仏前で手を合わせ、家族にはかんたんな挨拶だけして、外に出た。死にざまだの事情などについては、家族に訊くより、谷崎に訊いたほうが詳しい話が聞けるはずである。谷崎親子もそのために銀蔵を訪ねて来たに違いない。

もどった銀蔵に、

「十四郎。おめえから話せ」

と、谷崎は顎《あご》をしゃくった。

十四郎はうなずき、

「イカ将のあるじの将吉《しょうきち》が殺されているのが見つかったのは、今日の四つ（午前十時）近くなってからでした。見つけたのは女房で、すぐに奉行所に駆け込んできました。あの店は、せがれがお店者《たなもの》になっちまったので、将吉しか店におらず、そのために見つかるのも遅れたんでしょう」

「なるほど」

さっき通夜の席で、喪主の席に座っていたのがせがれだろう。いかにもお店者らしいこざっぱりしたなりをしていた。

「背中と腹を刺されていて、声を上げることはできなかったみたいです。ただ、わきに、将吉自身が書いたらしい書付が残されていました。それには仮名文字で、『かねかしじんきち』と書かれてあったのです」

「金貸し甚吉《じんきち》ですか」

「ご存じで？」

「名前と顔だけですがね。まだ、ここらで金貸しを始めて五、六年くらいじゃないですか」

「そうみたいです」

「あっしは借りたことはありませんが、いろいろ悪評は耳にしてましたよ。確かに人殺しくらいやっても不思議はないみたいですね」

「もちろん、わたしもすぐに甚吉のところへ行き、問い詰めました。ところが、甚吉は昼ごろまで、山金屋《やまがね》の旦那といっしょに吉原《よしわら》にいて、もどったばかりだと言うんです」

「ははあ」

「山金屋というのは、銀蔵さんもご存じでしょうが、通《とおり》一丁目で薬種問屋を構えていて、店も繁盛しているし、甚吉なんかとは付き合いそうもない人です。でも、吉原でいっしょだったというのは、本当だったと証言したのです」

「ほう」

「わたしは甚吉も山金屋のあるじも、ぜったい嘘をついていると思うのです。だが、この嘘をあばかない限りは、甚吉をしょっぴくのは難しいみたいでして……」

十四郎は悔しそうに口をつぐんだ。

「銀蔵。ざっとそういう話なんだ」

と、谷崎が言った。

「ええ。わかりました」

「おめえはどう思う?」

「いやあ、まだなんとも言えませんよ」

「まあ、そうだ。だが、十四郎を助けてやっちゃあもらえねえか」

「そりゃあ、あっしの役目じゃありませんよ。ここは谷崎さまが直々に教えるべきところなんじゃないですか?」

「だが、おいらは具合が悪いんだよ、銀蔵。こうして立っているのもやっとというくらいなんだ」

「そんなに良くねえんで?」

「おいらはな、長くねえんだ、銀蔵」

あの谷崎十三郎が、すがるような口調と目で、銀蔵を見て言った。

三

三人は、銀寿司にもどって来た。

入口で塩をもらって身を清めてから、店のなかに入った。まだ、客は三組ほど残っている。

「じゃあ、まずはすしを握ってきます」

「ああ。すまんな。おめえのすしは、冥途《めいど》の土産にしたいんでな」

「あと十回は食わせますよ」

銀蔵はそれから、谷崎親子のために、店でいちばん上等の銀のすしを二人前握った。その下が金のすしで、松竹梅とつづく。銀のすしには、もちろんシンコも入れた。

「さあ、どうぞ」

谷崎は、やはりタイから口に入れた。

「うん、やっぱり、銀蔵のすしはうめえ」

そうは言ったが、タイとシンコとマグロのヅケの三貫をつまんだら、

「もう入らねえ。あとは若いやつに食べてもらう」

と、皿を十四郎のほうに押しやった。

食欲が落ちているらしい。食えなくなると、病人はいっきに弱る。銀蔵は胸の奥がほろ苦くなってきた。

「それで、さっきのつづきだがな。銀蔵。もう一度、十手を預かってくれ。やっぱ

り、こいつを一人前に鍛え上げてくれるのは、おめえしかいねえ。しかも、こうも世のなかがごたごたしてくると、これから江戸では変なできごとが続出するはずなんだ」

確かにペルリの来航以来、世のなかはごった返している。横浜《よこはま》が開港し、異人だけでなく海外の文物や習慣などが次々に入って来たため、なにかおかしなことになってきているとは、銀蔵も実感している。

「でも、旦那《だんな》。あっしが十手をお返ししたのは、もう二十年も前のことですぜ。とても、当時みたいには働けねえと思いますがね」

「なあに。おめえなら大丈夫だ。いや、おいらが見たところじゃ、これからますます、おめえの寿司《すし》屋としての経験がモノを言うことになるはずだ」

「寿司屋としての経験が、捕物にですか？」

銀蔵は信じられないというように苦笑した。

「こいつも、おいらの縄張りを引き継いだのさ。おいらの縄張りは相変わらず、日本橋北から日本橋南に京橋《きょうばし》南、霊岸島《れいがんじま》、築地《つきじ》、そして佃島《つくだじま》と、水に縁のあるところだ。魚河岸だの漁師だの船頭だのに顔が利かなくちゃやっていけねえ。おめえしかいねえってのは、わかるだろうが」

「………」

確かに、銀蔵は魚河岸や漁師、船頭たちには顔が利く。睨《にら》みも利く。誰も知らないことも知っているし、裏の裏まで探ることはできる。

それにしても、五十を過ぎて、岡っ引きなどやれるのだろうか？

「あっしの一存じゃ決められません。なにせ、この店がありますからね」

「わかってる。おいらもそれを言われると、無理は言えねえよ。ぜひ、せがれたちに訊《き》いてみてくれ」

「いま、ですか？」

「ああ。おいらが昔からせっかちなのは、おめえがいちばんわかってるだろうよ」

まったく、その通りだった。思い立つと、夜中に呼びつけられたし、谷崎自身もみずから駆け回った。見る限りでは、倅《せがれ》の十四郎のほうも、その血を受け継いでいそうである。

「わかりました」

銀蔵は最初に長男の銀太を呼び、谷崎の依頼を説明し、銀次たちとも相談してくれと言って、調理場のほうに引き下がらせた。

それから、向こうで家族が集まって相談している。家族といっても、銀太と嫁、まだ独り者の銀次、それに店の手伝いをしてもらっている遠縁の婆さんと、それだけである。手伝いの女中二人はもう、帰ってしまっている。

すしを一人前食い終えるくらいのあいだを空けて、銀太と銀次の二人が、こっちにやって来ると、膝《ひざ》をつき、谷崎親子にも頭を下げて、

「おやじ。じつは、おれたちはよく、客や近所の人たちからも、銀蔵さんは凄腕《すごうで》の岡っ引きだったという話は聞いていたんだ。手柄話もずいぶん聞いた。それで、内心、おやじはすし職人としても確かに一流だけど、ほんとは岡っ引きとして悪党を捕まえるほうが、天職だったんじゃねえかと、思ったりもしていたんだ」

銀太がそう言うと、谷崎十三郎が、

「ほれ、見ろ」

というように、顎《あご》をしゃくった。

「ポワンさんの前では言えねえけど、横浜の港に異人が来るようになってから、江戸はずいぶん物騒になって、妙なできごとが頻発してるとも聞いてるぜ。こんな世のなかだ。お役に立てられるなら、もういっぺんやってみてもいいんじゃねえのかい？」

「おれが抜けたらこの店は……」

「銀次はもう、充分、握れるよ。おいらが請け合うぜ」

銀太がそう言うと、銀次は燃えるような目で銀蔵を見た。そろそろおれにも握らせてくれていいだろうと、訴えている。

「うっ……」

銀蔵は、せがれ二人に、じいっと見つめられている。

四

銀蔵は谷崎親子を送り出すと、伊勢堀《いせぼり》に架かる荒布橋《あらめばし》の上に立ち、前を流れる川の水面をぼんやりと見つめた。すぐ下は伊勢堀だが、ここはお濠《ほり》からつづく日本橋川と合流するところでもある。

水面はかすかに光っている。いわゆる水明かりというやつである。郊外に行けば、いまどきは蛍が飛び交っているが、さすがにここらでは蛍は滅多に見かけない。

その水のゆらぎを見つめるうち、銀蔵の脳裏に二十年前の日々がよみがえった。

——あのころは、ろくろく家にも帰れないくらい忙しかった……。

谷崎十三郎とともに、〈夜明けの蛇蔵《へびぞう》〉と呼ばれた悪党を追いかけ回して、ほうぼうの番屋を泊まり歩く毎日だった。

大店《おおだな》や大名屋敷が狙われた。犯行は、真夜中よりも夜明け間近におこなわれることが多く、そんな綽名《あだな》がついた。一人ではなく、何人かがいっしょに動いていて、芝浜松町《しばはままつちょう》にある茶問屋から二千両が奪われたときは、十人近い手下が動いたらしかった。

ひどい悪党で、平気で人を殺した。女子どもまで殺したこともある。

江戸での犯行は三年間で七か所に及び、谷崎十三郎の受け持ちでは、今川橋《いまがわばし》たもとの人形屋と、築地の蜂須賀《はちすか》家の屋敷が被害に遭っていた。

銀蔵は、犯行があった七か所は、いずれも水辺にあることに気づいていた。逃走にも舟が使われたらしい。

舟ならば、夜間に閉まる木戸なども気にせず動き回ることができる。

それに気づいたのは、どうやら銀蔵だけのようだった。さすがに谷崎には話したが、

「これは大手柄だぞ」

というので、しばらくは二人だけで水辺の探索をしてみることにした。銀蔵は、夜動く舟を、夜な夜な見張りつづけたものである。

その当時も、家はすし屋をしていたが、銀蔵のおやじは押し寿司だけで、仕込みが面倒臭いと、握り寿司はやらなかった。

銀蔵も、すし屋はおやじと嫁のおふくにまかせきりだった。

そのおふくのところに、妙な文が届いたのである。

ごちゃごちゃと季節の挨拶《あいさつ》まで書いてあったが、要は、

「おかみさんに惚《ほ》れてしまいました」

という内容だった。おふくは、人目を引くような美人ではなかったが、やさしげで、誰にでも好かれる女だった。

おふくは、気味が悪いと銀蔵に訴えたが、忙しさもあって、

「くだらねえ野郎のすることだ。おめえさえ、相手にしなけりゃいいんだ」

と、なにもせずにいた。

ところが、ある晩、永代橋《えいたいばし》をおふくが渡っていると、いきなり男に抱きつかれ、そのまま大川《おおかわ》に飛び込まれてしまった。

相手は、文を寄越《よこ》した男だった。まだ二十歳になったばかりのような若造で、いっしょに遺体になって引き揚げられた。懐には、前の文と同じような、二度目の文が入っていた。

惚れたあまりの無理心中ということだった。

あのとき、相手を確かめ、ひとこと文句を言ってやるなり、諭すなりしていたら、おふくは死なずに済んだはずである。

——忙し過ぎたために……。

それがきっかけで、銀蔵は十年ほど預っていた十手を谷崎に返すことになった。若いうちに、いろいろいきさつがあって預った十手である。思いとどまるよう、ずいぶん懇願されたが、銀蔵の決心は揺るがなかった。

それからは、ひたすら家業のすし屋に専念することにした。おやじがやらなかった握りずしも始めた。

握り寿司の名人と呼ばれるほどになったのも、おふくと遺《のこ》された子どもたちへの償いの気持ちからだった。

五

そしていま——。

銀蔵の手に、ふたたび十手が握られている。

昨晩、谷崎十三郎は、銀蔵はかならず引き受けることを確信していたらしく、この十手を用意して来たのだった。

「おめえが使ってたやつだよ」

「そうなので」

「だいたいが、おめえが鍛冶屋《かじや》にいろいろ注文してつくったやつだ。まあ、ほかのやつには使い切れねえだろう」

「まったく錆《さ》びてませんね」

「昨日、磨かせたのさ」

「そりゃあ、どうも」

「房はさすがに古くなっていたんで、新しいものに替えといたぜ」

あのころと同じ、紅色の房である。

「なんだか、こっぱずかしいですね」

昨夜はそう言って、ありがたく押し頂いたのだった。

今朝になって、改めて持ってみると、まさに銀蔵の十手だった。たちまちかつての感覚が蘇《よみがえ》ってきた。

棒身は、ふつうのものより長めで、一尺七寸（五十一センチ）ほどある。ただ、ふつうよりは細身にしてある。手元から出た鉤《かぎ》もいくぶん長い。

あのころよりいくらか重く感じるのは、腕の力が衰えたのか。左手で持って、振ってみた。

ひゅん、ひゅん。

と、いい音がする。これは攻めにも守りにも使い勝手のいい武器で、これ一本で刀と渡り合うこともできる。斬り込んでくるところを、鉤のところで受け、ひねり上げたり、刀身をへし折ってやったこともある。

先を相手に向け、半身になって身構える。右手はどうにでも動けるようにしている。これが銀蔵の構えだった。

その十手を腰に差し、家を出ようとしたとき、

「お父さん」

後ろで声がした。

「おう、おふみ」

銀太の嫁のおふみだった。まだ十八のこの嫁がしっかり帳場を守って、銀寿司の繁盛を支えてくれているのだ。

「ほんとに、気をつけてくださいね」

おふみだけは、銀蔵が岡っ引きにもどるのに反対だったらしい。「なにも、いまさらそんな危ないことをしなくても」と言ったという。おふくが生きていたら、やはりそう言ったに違いない。

「大丈夫。若いときのように無鉄砲なことはしねえよ」

「じゃあ、これを」

耳元でカチカチと音がした。

火打ち石と鉄鎌の切り火で、無事を祈ってくれたのだった。


北町奉行所は、小網町一丁目からはずいぶんと近い。日本橋川沿いにお城に向かい、呉服橋《ごふくばし》を渡って門をくぐれば、そこはもう北町奉行所の真ん前である。

前は広場のようになっていて、訴えに来た者が順番を待つ腰掛があれば、岡っ引きたちがたむろする一角もある。銀蔵がそこに来ると、何人かの岡っ引きが、

「え？」

という顔をして、近づいて来た。

「おい、銀蔵じゃねえか。おめえ、まさか」

そう言ったのは、麻布《あざぶ》界隈《かいわい》を縄張りにする耳の松蔵《まつぞう》だった。綽名の由来は、巷《ちまた》の

噂を耳を澄まして聞き取るのが得意で、じっさいそれで悪事を防いだり、逃げた悪党の隠れ家をつきとめたりといったことは、何度もあった。

「その、まさかだよ」

と、腰の十手を見せた。

「ははあ。谷崎の旦那《だんな》に頼まれたな。せがれを鍛えてくれとか」

「そういうことさ」

「そりゃあ、頼もしいや。おれも、若いのには負けたくねえ気持ちでやってるが、どうも近ごろは年寄り扱いされているみてえで、おめえが入ってくれたら、見返してやる機会も増えるってもんだ」

「そう言ってもらえると、おれも嬉《うれ》しいよ」

それから、何人かと再会の挨拶をし、若い岡っ引きを紹介してもらったりもした。

と、そこへ、奉行所のなかから定町廻《じょうまちまわ》りの同心たちが出て来て、相棒の岡っ引きを見つけ、それを従えて、ほうぼうに散って行った。

谷崎十四郎は少し遅れて外に出て来た。おやじの十三郎はいない。

銀蔵はすばやく近づいて、

「谷崎さま」

と、声をかけた。

「ああ、銀蔵さん。今日からよろしくお願いします」

十四郎は頭を下げた。

「おっと、銀蔵さんはいけませんぜ」

「でも、こんな青二才が」

「そういうもんじゃありません。でないと、しめしがつかねえし、悪党にも舐《な》められますぜ。どうぞ、呼び捨てにして、言葉遣いも目下扱いでお願いします」

「じゃあ、申し訳ないが、そうさせてもらうよ」

十四郎はそう言って、照れ臭そうに歩き出した。

六

まずは、通一丁目の薬種問屋・山金屋のあるじ与左衛門《よざえもん》のところへ顔を出した。ここでつくっている虫下しの薬と、痛み止めの薬が売れに売れているらしい。現に、十四郎と銀蔵が来たときも、客は店に入りきれないほどだった。

「十四郎さん。じつは、あっしはここの旦那とはなじみがありましてね」

「そうなのか」

「ちっと、あいつが誰にも知られたくない話をすることになると思うんです」

「じゃあ、おいらは……」

「ここで待っていてもらえますか」

「わかったよ」

銀蔵は手代の一人を捕まえて、十手を見せ、
と、囁《ささや》いた。

「急いで旦那に会わなくちゃならねえ」

「ただいま」

手代はそう言ったが、店の横から帳場の裏手の路地に案内されるまでは、けっこう待たされた。

「いったい、なんでしょうか？」

と、上がり口に座った与左衛門は、銀蔵を見て、

「えっ？」

目を瞠《みは》った。

「また、十手を預かったんだよ」

「そうなのか」

銀蔵は身体を寄せて、

「もう、あれはやっちゃいねえよな？」

「やってないよ」

「立派なあるじになったもんだよな」

「そういう厭味《いやみ》はやめてくれよ。まさか、昔のことをほじくり返すのか？」

山金屋は怯《おび》えた顔をした。

二十数年前。まだ若旦那《わかだんな》で、名前も与《よ》一郎《いちろう》だった。

そのころ、日本橋界隈で、〈口吸い魔〉というのが、若い娘のあいだで怖がられていた。夜、歩いていると、そっと近づいてきて、いきなり唇を押しつけ、舐めたり吸ったりして、たちまち逃げ去ってしまう。それ以上のことはしないし、金も奪わない。若い娘の唇が奪われるだけ。

銀蔵は張り込みをつづけ、ついに若旦那の与一郎が下手人であることをつきとめたのだった。

だが、与一郎にお縄をかけることはしなかった。それどころか、誰にも言わず、この悪戯《いたずら》のことを握りつぶしてやった。

そのとき、与一郎は交換条件を持ち出してきたのだ。むろん、賄賂《わいろ》ではない。賄賂を取る岡っ引きは多いが、銀蔵は金で転んだことはない。

「じつは、うちの客に人殺しをしようとしているのがいます」

与一郎はそう言ったのだ。

「人殺しだって？」

「薬なんだけど、毎日、多量に飲ませると、腎《じん》ノ臓がやられて死んでしまう。それをやってる客がいるんです」

それは本当だった。大店《おおだな》の隠居の妾《めかけ》が、薬だとそれを飲ませ、家の金を奪おうとしていた。妾の背後には、若いやくざがいた。銀蔵はそれを確かめると、妾とやくざを捕縛し、隠居の命も救うことができたのだった。

「二十年も前の若気の至りをほじくり返すほど野暮じゃねえよ。今日は、金貸しの甚吉のことで来たんだ」

「ああ。昨日、谷崎十四郎さまに訊《き》かれたよ」

「甚吉と遊んだそうだな」

「いっしょに行ったわけじゃない。たまたま会って、席を同じくしただけなんだ」

「甚吉がなにをしているかは知ってるんだろ？」

「金貸しだろう。しかも、かなり悪辣《あくらつ》だとは聞いているよ」

「大繁盛の山金屋の旦那が、いっしょに遊ぶような男とは思えねえがな」

「じつは……」

一瞬、言い淀《よど》んだが、

「じつは、あたしはあのあと、唇のほうより、耳が好きになってな」

「……………」

唇の次は耳？　その次はヘソか。

「すると、あの甚吉が同好の士ということがわかったんだ」

「耳が好きって、同じようなことをするのかい。舐めたり、吸ったり？」

銀蔵は呆《あき》れて訊いた。

「まあ、そうなんだが。それで、どこの女郎屋に、いい耳の女がいたということを教え合うようになって、あの晩もそれだったんだよ。それから、二人でその女を呼んでな……」

「ははあ。じゃあ、朝までずっと甚吉といっしょだったというのは、嘘じゃねえんだな？」

「なんで甚吉のことを調べているのかはわからないが、あたしは嘘は言ってないよ」

「そうか。あんた、そんなに耳が好きなら、今度、イカの耳のすしを山ほど届けようか？」

「………」

憮然《ぶぜん》としている山金屋を背に、銀蔵は外へ出た。

「十四郎さん。やっぱり、山金屋の言ってることは本当です。あれは、甚吉の殺しじゃありませんよ」

「うーん」

十四郎は不満げである。

「ただ、甚吉って野郎が怪しいのは確かでしょう。ちっと探れば、金貸しの件で引っ張れるかもしれません」

「でも、殺しで引っ張ったほうが」

「なあに、十両盗めば首が飛ぶんですぜ。おそらく甚吉は、その何十倍も町人たちから巻き上げてるんですから」

ただ、この日は当の甚吉が見つからず、イカ将の殺しの現場を見に行ったりしただけだった。

七

銀蔵が夜になって小網町の店にもどって来ると——。

なんと、一軒おいた並びにある飲み屋の女将《おかみ》のおけいが、甚吉に頭を下げているところを見かけた。一日捜した相手を、こんなところで見つけるとは思わなかった。

だが、甚吉のあとは追わず、

「よう、おけいさん」

「あら、銀蔵さん。昨日も今日も来てくれないので、お見限りかと思いましたよ」

おけいの店は、いい酒と手の込んだ肴《さかな》を出すので、銀蔵は仕事を終えると、ここで一杯飲むのが楽しみになっている。

「うん。忙しかったもんでな」

「銀寿司は大繁盛ですからね」

「そっちじゃなくて、こっちのほうさ」

銀蔵は十手を見せた。

「え？　どうして十手なんか持ってるの？」

「知らなかったかい。おれが昔、十手持ちだったってことは」

「それは聞いてたけど、昔のことでしょ」

「ところが、もう一度、十手を預かることになっちまったのさ」

「そうだったんですか」

「それで早速だがな。いま、あんたのところに来ていた甚吉って野郎だが、ちょうど、いろいろと調べているところなんだよ」

「そうなんですか」

「借りてる金でもあるのかい？」

「ええ、まあ」

気まずそうにうなずいた。

「よかったら、いくら借りて、いくらずつ返してるのか、教えてもらえねえかな」

「じゃあ、なかへどうぞ」

のれんを分けて、なかへ入った。

客はまだ、奥に二人いるだけである。ここが賑《にぎ》わうのは、もう少し経ってからなのだ。

「ここはおとっつぁんがやっていた店で、あたしが継いだのは二年前ですけど、博奕《ばくち》の借金があったのがわかったんです。それを返してしまうのに、十両を借りて、毎月、二分を払っていたのですが、いまはどうにか半分の五両にして、月に一分ずつ払っています」

「ははあ」

いわゆる〈五両一〉である。一年借りると、利子も入れて八両借りたことになってしまう。高利だが、多くの金貸しがこれでやっている。助けられる者もいないではない。ただ、正式にやるには、条件もあるはずなのだ。

「甚吉の兄さんが座頭で、その手伝いをしているみたいです」

「そうか。甚吉ってのは、座頭金なのか。兄ってのは見たことがあるのかい？」

「それが足を悪くしたらしく、ほとんど外には出ないんです」

「ふうん」

「でも、借りておいてこういうこと言うのもなんなんですが、甚吉の兄さんはほんとは目が見えているという噂もあるんです」

「おいおい」

「だからといって、誰も真偽を確かめることはできないみたいです。ほんとに座頭だったら、逆に保護されている座頭を苛《いじ》めたことになりますから」

「なるほどな」

そこへ、異様な見た目の男が入って来た。

「あら、ポワンさん」

谷崎十三郎が、「ポワンさんには言えないけど」と言ったのは、この男のことである。

ポワンは姓で、名はピエール。フランスの軍人で、若いがかなり偉いらしい。江戸に来たときに、たまたますしを食べ、それから日本の料理に魅了されたのだというう。

先に来ていた二人の客は目を丸くしている。常連客ならともかく、外国人を見るのは初めてだったらしい。ポワンがまた、紅毛碧眼《こうもうへきがん》に、大きく高い鼻、真っ白い肌、そして十三郎を超えるほどの背丈と、いかにも外国人らしい容姿をしている。

「天狗《てんぐ》だ」

というつぶやきも聞こえた。

「ドウモ、おけいサン」

「わたしもいっしょです」

と、通詞の小田部《おたべ》一平《いっぺい》も入って来た。この男はいつもポワンといっしょにいる。

「オウ、銀寿司ノ親方モ」

銀蔵を見て、微笑んだ。ポワンは、銀寿司の常連でもある。

「夜、来るのは珍しい。いまから横浜に帰るのは、物騒なんじゃないですか？」

と、銀蔵が訊《き》くと、

「大丈夫なんです。とあるお大名の屋敷に泊めていただくことになってますので」

と、小田部が言った。大名の名は秘密らしい。

「ねえ、銀蔵さん。あれ、ポワンさんに見せてあげたら？」

おけいがそそのかした。

「これかい」

銀蔵が十手を見せると、ポワンは驚き、

「オウ。銀蔵サン、おかっぴいニナリマシタカ！」

「おかっぴい、ときたよ」

これには銀蔵も身体の力が抜けた。

八

翌朝——。

北町奉行所に行き、十四郎におけいの話を伝えると、

「甚吉は座頭金かあ。それは知らなかった」

「なあに、そんなのはかまいませんよ」

「いや、座頭金を突っ込むのは、いろいろ問題があるよ」

谷崎十四郎はしぶった。

「それは、あっしもわかってますけどね」

座頭については幕府の保護も厚いし、座頭たちの最高位にいる検校《けんぎょう》の力は、各方面に及んでいるのだ。

「じつは、ここへ来る前、甚吉の家を眺めてきましてね。突っ込みどころがあるんですよ」

「じゃあ、とりあえず行ってみようか」

「おやじさんは？」

谷崎十三郎は、このまま隠居ということになるのか？

「今日はだいぶ具合がいいみたいで、昼から出て来ると言ってたよ」

「そりゃあ、よかった」

甚吉の家は、人形町《にんぎようちよう》の三光新道《さんこうじんみち》にあった。もともと三味線の師匠の家でもあったのか、黒板塀の上から松の枝が顔を見せているような、ずいぶんとこじゃれた感じの家である。

斜め前にさほど大きくはない料亭があって、甚吉が出かけるときは、ここから弁当を取るらしい。ここの板前は、銀蔵が知っている男だった。

「そこの座頭のところに、ここから弁当を届けることがあるんだってな？」

「ええ。しょっちゅうですよ。うちか、向こうのそば屋か、角のうなぎ屋の持ち回りみたいなものです。でも、うなぎやそばは毎日じゃ飽きるんでしょう。うちの弁当は、毎日、おかずが違いますからね。とくに弟が出かけるときは、あっしのところに頼んで行くんですよ。座頭の兄さんは、魚が大好きみたいでしてね」

「今日は？」

「今日も届けることになってますよ」

「その弁当に、アジかイワシの焼いたやつを入れてもらいたいんだ。それも、おろしたり、開いたりせず、骨を取らずに、丸ごと焼いてな」

「アジかイワシ？　そりゃ駄目だよ、銀蔵さん。どっちも骨が多いから、座頭には食べにくいよ」

「ほんとは目が見えているかもしれねえんだ」

「ああ、そういう噂はあるよね」

「噂はあるのか？」

「届けにいったとき、巾着《きんちゃく》から銭を出すしぐさで、そう感じることがあるらしいよ」

「ははあ」

「おっと、あっしが言ったことはないしょですよ」

「わかった。だったら、なおさらそれを確かめたいわけさ。おめえんとこは、もし、文句を言われたら、間違えてすみませんと、刺身の一皿も届けりゃいいじゃねえか」

「わかりましたよ」

三重になった贅沢《ぜいたく》な弁当である。

昼にそれを届け、甚吉がまだもどらないうちに、空の重箱を取りに行かせた。

「どれどれ」

その重箱をのぞくと、

「おおっ」

　アジがきれいに骨だけになっているではないか。

「目がみえなかったら、こんなにきれいには食えませんよ」

　弁当をつくった板前も言った。

「だよな」

「あいつらはお縄ですか？」

「お得意さまが減るってか」

「いや、まあ。あっしだって、あんなやつらにうまい弁当を食わせるのは、正直、嫌でしたよ」

　いったん北町奉行所にもどると、銀蔵は出て来たばかりだった谷崎十三郎に、

「甚吉を引っ張りましょう」

　と言った。

　三人は、同心部屋の前の、廊下のところで話している。谷崎親子は部屋のなか、銀蔵は廊下に座っている。

「そのうえで拷問でもするのか？」

おやじの十三郎が訊いた。

「いや、拷問なんかしなくていいでしょう。殺しはほかに下手人がいるはずです。そいつを洗い出すためにも、甚吉は引っ張りたいんです」

「なるほどな」

「ところで、十四郎さん。将吉が書き残したという名前が書かれた紙はありますよね？」

「もちろんだ」

「見せてもらえますか？」

十四郎が、同心部屋の引き出しから出してきた。

銀蔵はそれを一目見ると、

「なんだ、これですか？　これは、ニセモノですぜ」

「ニセモノだって？　いや、おいらは将吉が書いた字と、見比べたんだ。そっくりの字だったぞ」

「それも似せたんでしょう。こういう癖のある字は真似しやすいんですよ」

それぞれの字の横の棒が長くなっている。

「なんで、そんなことがわかる？」

「じつはね……」

そのわけを説明すると、谷崎親子は啞然《あぜん》となった。

九

それから半刻《はんとき》（一時間）後——。

谷崎十四郎と銀蔵は、甚吉の家に踏み込んだ。

昼だというのに、ろうそくを手にしていた甚吉が、

「何の用だ！」

と、喚《わめ》いた。

「座頭金を騙《かた》って、皆からとんでもねえ利子を取り立てやがっただろうが」

銀蔵が十手を構えて言った。

「なにを証拠に？」

「おい、あれが座頭だというのか」

座頭が裏の窓から逃げようとしている。

その顔の前に、十四郎が刀の切っ先を突き出した。

座頭は目を見開いて、

「ひっ。お助けを」

「なにゆえに座頭のふりをした？」

十四郎が訊《き》いた。

「あの甚吉が、毎日、家でぐうたらして、うまいものを食っていればいいと。誰か来たときだけ、目をつむって、見えないふりをしてればいいんだと言うもんで」

「甚吉の兄ではないのか？」

「滅相もねえ。千住《せんじゅ》の宿で、馬喰《ばくろう》をしていたとき、賭場《とば》で声をかけられただけでして」

「元の金はどうした？」

「千住で座頭金をやっていた富《とみ》の市《いち》ってのを甚吉が、川に突き落として、元金や書状なんかを奪ったみたいです」

このやりとりを聞き、

「まだ、なにか言い訳することはあるか？」

銀蔵は甚吉に訊いた。

「言い訳はとくに。それより、あっしの金はどうなるんで？」

「そんなこたぁ、考えなくていい。どうせ、もう、おめえは貯め込んだ金なんか使うことはねえんだからな」

　銀蔵がそう言うと、

「おれの金、おれの金……」

　甚吉はうわごとのようにつぶやきつづけた。


　甚吉と贋《にせ》の座頭を、茅場町《かやばちょう》の大番屋にぶち込んだあと、銀蔵と十四郎は甚吉の家に引き返して、貸金の帳簿を探した。

　貯め込んだ金子はすぐに見つかった。踏み込んだとき、甚吉はちょうど押入れから ろうそくを持って出て来たところで、押入れの床板を外すと、砂の下に金箱が隠してあった。

　なかには十両ずつ紙に包んであって、それが七十もあった。

「七百両もあるよ、銀蔵」

「あくどい商売をしてきやがったんですよ」

「なんてやつだ」

「それより、こいつの貸金の帳簿です。あっしはそこに載っている借り手のなかに、下手人が潜んでいるような気がするんです」

「そうか。こいつに人殺しの罪をかぶせ、自分の借金をチャラにしようとしたわけか！　さすがは銀蔵だ」

「いやいや、十四郎さん。そいつは帳簿を見つけてからの話ですよ」

「そうだな」

家は、そう広くはなく、一階に二間、二階に一間があるだけである。

調度品や道具類はほとんどない。

長火鉢にやかんがかけられ、湯のみがあるくらい。

本など読むことはなかったらしく、戯作《げさく》の一冊すら見当たらない。

畳もぜんぶひっくり返し、床下を調べたが見つからない。

どこかの壁に隠し扉でもあるのかもしれないと、壁も叩《たた》いて回ったがない。

「なんでないんだろうな」

「ないわけありませんよ」

「大番屋にもどって締め上げようか？」

「ちっと待ってください」

銀蔵は腕組みして考えたが、ほどなくして、

「なんだ。そうだよな」

「わかったのか？」

「あいつらは、ろくに飯なんかつくりゃあしねえ。外で食うか、仕出しを頼むかでしょう。なのに、そこのへっついは、焚《た》き口が二つもついてますぜ」

「あ」

銀蔵は、土間に降り、へっついのなかをのぞいて、

「ありました」

と、帳面を引っ張り出した。

その帳面を見ていくと、

「ずいぶんいるもんだな」

「なんとか返し終わったやつもいますからね」

回収した額のところに、拇印《ぼいん》と判子が押してある。拇印は借りたほうで、判子は複雑な文様になっている。どうにか「富」という字が読めるので、殺された富の市のものだったのだろう。

イカ将の将吉も載っていて、五両を借りて、毎月一分ずつ支払っていた。

「おっと、こいつは、八郎次《はちろうじ》じゃねえですか」

去年、四十両を借りて、毎月二両の利子を払っている。もちろん、元金はまったく減っていない。

「知ってるのか？」

「ええ。こいつは、イカ将の将吉とも付き合いはあったはずです。十四郎さん、こいつが下手人で間違いありませんよ」

「なぜ、わかる？」

「それは、こいつの店で説明しますよ」

十

日本橋の魚河岸は、日本橋と江戸橋のあいだ、町名で言うと、本船町《ほんふなちょう》のほぼ全域を占めるくらい広大だが、なかに入るとかなり込み入っていて、初めて来た者は、どこになにがあるか、さっぱりわからなかったりする。

だが、銀蔵にとっては自分の庭のようなもので、

「旦那《だんな》。こっちです」

すいすいと奥に入って行く。

八郎次の店は、だいぶ奥のほうにあった。

壁などはなく、太い柱に板葺《いたぶ》きの屋根をつけただけの、かんたんな造りである。店の名らしきものはないが、タコの絵が描かれた看板が、柱に釘《くぎ》で打たれていた。

「ここです、八郎次の店は」

「タコ屋なのか」

「そうなんです。前はイカもやっていたんですが、この五年くらいはタコを専門に扱っていましたね」

だが、人の気配はない。八郎次は出かけているらしい。

「すぐにもどるでしょうから、待ってましょう」

そう言って、銀蔵は桶《おけ》のふたを取って、なかをのぞいたりした。

「なかにタコがいるのかい？」

「ええ。ただ、いまは旬じゃないんでね。あんまりいいタコはいませんね」

「タコに旬なんかあるんだ？」

「タコは冬場が旬ですよ。もっとも、職人の腕次第で、なんとかうまく仕上げることはできますがね」

そう言って、桶から一匹、摑《つか》んで、

「こいつはマダコと言って、まあ、いちばんうまいです。それで、こっちがミズダコで、名前の通り水っぽいんです。それから、そっちにいるのがイイダコってやつです」

「いろいろあるんだな」

「タコはいろいろいますよ。もっとも食えるのは、この三つに、あとテナガダコってのがいて、その四つくらいですがね。おっと、ふたはしっかり閉めといてくださ い。逃げますから」

「ここから逃げられるか?」

桶はかなり大きなものである。

「逃げるんですよ、タコは。賢いんですよ。たぶん、ここのあるじより、タコのほうが賢いくらいでさあ」

じっさい、タコは人の顔まで区別できるという。

「頭も大きいしな」

「ああ、その頭に見えるのは、たぶん頭じゃありませんよ。それは、胴体で、頭はたぶん、足と胴体の真ん中になるんです。ほら、ここに目や口があるでしょ」

「そうなのか。でも、タコの頭って食えるのかい? あんまり見たことないけどな」

「もちろん食えますよ。刺身でも煮つけでも。ただ、足のほうが、タコらしいので、すしネタには足のほうをつかいますがね」

「おいらは、酢ダコが大好きなんだけどな」

「酢ダコは、残念ながらすしには使いません。酢飯と酢ダコじゃね」

「そういうことか」

「こいつは、くねくねしてますが、煮ると意外に歯ごたえが出てきましてね。それを柔らかくするのが、あっしらの工夫ってもんで。うちじゃ、冬場だと、こいつの生の足を大根で叩いてから煮つけるんですよ。そうすると、いい具合に身が柔らかくなりましてね」

「そんなこともしてるんだ」

「見えないところで、いろいろ工夫してるかどうかが、あっしらの勝負どころなんですよ」

「それは、たぶん同心も同じだな」

十四郎が妙な具合に感心したところに、

「あれ？」

飯でも食ってきたらしく、爪楊枝《つまようじ》を咥《くわ》えた八郎次が帰って来た。余ったタコは、自分で食うのだろう、いかにも筋肉質の、いい身体をしている。腕っぷしも強そうで、吸盤でも生えていそうな太い腕をしている。こいつに喧嘩《けんか》を売るやつはなかなかいないだろう。

だが、町方の同心姿の十四郎を見て、一瞬、不安げな顔になった。

「よお、八郎次」

銀蔵が薄い笑いを浮かべて声をかけた。

「なんだ、寿司《すし》屋の銀蔵か。おれんとこのタコが欲しくなったのかい？　生憎《あいにく》だが、おめえのところに回す分はないぜ」

「おめえのところのタコなんざ使うもんか。腹空《す》かしたのをいっしょにしてるから、見てみろよ。共食いを始めてるぜ」

「へっ。共食いするほどうまいんだよ」

「なんとでも言ってろ。今日はこっちの用でな」

銀蔵は腰の十手を指差した。

「え？　まさか、おめえ」

「また、岡っ引きをやることになっちまったのさ。こちらは、谷崎さまのご子息だよ」

「谷崎十三郎さまの……。こりゃ、どうも」

魚河岸で、谷崎を知らなかったら潜りだろう。

「イカ将の将吉が殺されたのは知ってるよな？」

「ああ、聞いたよ。金貸しの甚吉に殺されたんだってな」

この台詞《せりふ》に、銀蔵は十四郎を見て、

「こんなバカじゃ、責め甲斐《がい》もありませんぜ」

「そうだな。おめえ、なんで、金貸しの甚吉に殺されたって思うんだ？」

十四郎が訊《き》いた。

「え？　だって、将吉がそう書き残したって」

「その、書き残したことを知ってるのは、将吉の家の者と、町方の者だけなんだ」

「いや、そんなことはありません。ここらじゃ、皆、そう言ってますよ」

八郎次は、あたりに向けて手を振り回し、

「なあ、喜三太《きさんた》。おめえ、イカ将の将吉が、金貸しの甚吉に殺されたって聞いたよな？」

と、近くの卸商に声をかけた。

「え、ああ、聞きましたけど」

その喜三太とやらは、いかにも関わりたくなさそうに、しぶしぶうなずいた。

「ほらね」

八郎次は十四郎にそう言ったが、

「それは、おめえが言って回ったからだろうが」

と、銀蔵がドスを利かせた声で言った。

「寿司銀は引っ込んでろ」

「やかましい。あの日の朝、イカ将の店の前でおめえを見たって証言もあるんだ」

これは、銀蔵の咄嗟《とっさ》の思いつきである。

ときには嘘も交えながら追い詰めていくのは、得意技でもあった。

「そりゃあ、そうだろうが。あそこの前はしょっちゅう通るんだから」

「強張《こわば》ったような顔してたとよ」

「え？」

八郎次はおどおどした目になって、帳簿らしきものを置いたあたりに目をやった。

「おっと、十四郎さん。そこの筆は証拠ですぜ」

「これか」

銀蔵の指差した筆を、十四郎は急いで取り上げた。

「なんの証拠だよ？」

「イカ将の将吉を殺したあと、おめえは『かねかしじんきち』と書いた紙をあそこに残して行った。いまわの際に将太が自分を刺した相手を書き残したように装ったんだ。だが、生憎だったな、八郎次」

「な、なんでえ」

「あの墨は、イカの墨じゃねえ。タコの墨で書いたものなんだ。おめえ、イカ墨とタコ墨は、どっちも黒いから同じだくれえに思ってたんだろうが、イカ墨とタコ墨じゃ、濃さも違うし、粘りけも違う。おれは、両方使って書いてきてやった。これを見ろ」

銀蔵は二枚の紙を取り出した。

「ほら、右がイカ墨で書いたやつ。左がタコ墨で書いたやつだ。違うだろ？」

イカ墨の文字はべっとり粘りつくようで、かなり黒い。タコ墨のほうは、ずいぶん薄い。

銀蔵は最初、書き残した文字が、イカ墨にしては薄過ぎることで、これはニセモノだと見破った。さらに八郎次の名が出て、こいつが下手人だと確信したのだった。

「…………」

「それで、あそこに残されていたのは、このタコ墨で書いたほうだったのさ。あとで、この筆の太さを合わせてみるが、間違いはねえだろう。おめえ、イカに嘘をつかせようとしたんだろうが、生憎、イカは嘘をつけなかったのさ」

「うわあ」

八郎次がいきなり暴れ出し、銀蔵に殴りかかろうとする。

「銀蔵、気をつけろ！」

十四郎が心配して叫んだ。

だが、銀蔵はまったく慌てない。

八郎次が包丁などを持っていないことを見極めると、十手も使わず前に出て、逆に八郎次に摑《つか》みかかった。

殴りかかって来た八郎次の手首を、左手で摑むと、これをぐいっと下に引き、顔が近づいたところで、右手でもって耳を摑んだ。

「あ、痛《い》てててて。耳が千切れた！」

八郎次はそう思ったらしいが、千切れてはいない。

すると、つづいて右手の指二本を八郎次の鼻の穴に突っ込んだ。

「ふがふが」

逃げようとするのを、右手を引くのと同時に、左手をねじるようにすると、八郎次の身体はきれいに宙で一回転し、地面に叩《たた》きつけられた。

「神妙にしやがれ」

銀蔵は、たちまち八郎次を後ろ手に縛り上げた。

「銀蔵、いまの技はなんだ？」

「あれは、なんと言うか、握りの術みたいなものですよ。あっしは自分じゃ寿司《すし》武道と言ってるんですがね」

それは、鍛え上げた指先だからできる奇妙な武術だった。

「おやじが銀蔵はすごいと言ってたけど、ほんとだな」

十四郎はつくづく感心したという顔で言った。

「おだてないでください。あっしの手柄はどれもおやじさんがいてくれたおかげなんですから」

「おやじが……」

若い十四郎の目が輝いている。この目をおやじの十三郎に見せたかった。こういう目が、若者が困難を乗り越え、伸びて行くために必要なものだった。

第二話　夏のマグロは、まずいはず

一

谷崎十四郎と銀蔵が、日本橋の北と南を見回って、京橋を渡ったところで、

「谷崎さま。殺しの報《しら》せが入っていますよ」

と、顔見知りの町役人に声をかけられた。

「殺しだと？　どこだ？」

「銀座《ぎんざ》四丁目にある〈万五郎寿司《まんごろうずし》〉のあるじがやられたそうです」

正式には新両替町《しんりょうがえちょう》だが、かつてこの近くに銀座があったため、町人たちは銀座と呼びならわしている。ちなみに、このころの銀座は四丁目までで、その先が八丁目までになるのは、昭和になってからである。

「わかった。おい、銀蔵」

「ええ。万五郎が殺されましたか」

「知ってたのか？」

「いちおう同じ稼業ですから」

尾張町《おわりちょう》の角を三原橋《みはらばし》のほうに曲がって、少し行ったあたりに、万五郎寿司はあった。間口などはかなり狭いが、こじゃれた橙色《だいだいいろ》のれんや、凝った二重の戸などに、〈銀寿司〉より厭《いや》らしいくらいの高級感が漂っている。

格子戸に障子戸と二つの戸を開けてなかに入ると、

「あ、市川《いちかわ》さん」

十四郎の顔が緊張した。

一足先に、検死役の市川一勘《いちかん》が来ていた。後輩に厳しいことでも知られるが、

「おいらは三千人を超す遺体を見てきたんだ」と豪語するくらい、検死には自信を持っている。なにせ殺された遺体だけでなく、病で亡くなった人まで、見に行くほどだという。ただ、歳は銀蔵より五つほど若いので、二十年前はまだ駆け出しに毛が生えたくらいの定町廻りだった。

「よう。銀蔵親分もいっしょか」

「ええ」

万五郎は、調理場に仰向《あおむ》けに倒れていた。刺身包丁が刺さったままである。刃は

寝かさず、胃のあたりから、突き刺したらしい。

「即死ですか？」

十四郎が訊《き》いた。

「いや、切っ先は、心ノ臓を外しているから、しばらくは息をしてたと思うぜ。助けを求めて声を上げるのは難しかっただろうがな」

「ほかに傷などは？」

「ねえなあ」

いくらか着衣が乱れているので、

「もしかしたら、一人は後ろから羽交い締めにしていたかもしれませんね」

銀蔵がそう言うと、

「さすがに寿司《すし》銀だな」

と、市川はニヤリと笑った。

「殺されたのはいつぐらいでしょう？」

十四郎が訊いた。

「身体の硬さや血の乾き具合だと、まだ一刻《いっとき》は経ってねえだろうな」

銀蔵もそう思った。

というのも、暮れ六つ（午後六時）の前くらいに店を開けるとして、仕込みの進み具合がそれくらいだからである。

「そろそろ包丁は抜いてやるか。こいつも、いつまでもこんなざまをさらしていたくはねえだろうし」

市川はそう言って、刺さっていた包丁を抜き、遺体のわきに置いた。

「ところで市川の旦那《だんな》、それはなんですか？」

銀蔵が、万五郎が手を伸ばしたところにあるのを指差した。

「なんだろうな。おいらも考えていたんだよ」

ハマグリが一つに、シジミが二つ。近くの桶《おけ》から取り出したらしい。

「ちょうど、貝を調理しようとしたときに、下手人が来たのかもしれませんね」

と、十四郎は言った。

「それはどうですかね」

ハマグリ一つとシジミ二つを使って、ネタにするとは思えない。

周囲を見た。近くに筆や紙はない。

「もしかして、下手人を教えようとしたのかもしれませんね」

と、銀蔵は言った。

「ハマグリとシジミでか?」

市川は、それはないだろうという顔をして、

「さて、後はまかせるぜ。おいらは昨夜は宿直で、火事騒ぎがあったりして寝てねえんでな。とくに気になることが出てきたら、明日にでも訊いてくれ」

そう言って引き上げてしまった。

市川といっしょに来た中間《ちゅうげん》はそのまま残り、ほかに近くの番屋から来た町役人と番太郎が、客席のほうで、十四郎たちの調べが済むのを待っている。

十四郎は、調理場の片隅に置かれた木箱を見て、

「それが銭箱みたいだが、空っぽだな。もっとも、店を開ける前だから、空なのは当然か」

と、言った。

「いや、釣り銭もいるし、仕入れの払いもあるかもしれないから、空ってことはないでしょう」

「とすると、金目当ての殺しか?」

「決めつけるのはまだ早いでしょう。ついでってこともありますし」

「なるほどな」

銀蔵は、どうしても仕込みのネタをつぶさに見てしまう。万五郎の店というのは、その日、いちばんいいネタだけを揃えて握るというのが評判になっていて、いいネタが揃わなければ、店を開けないとも言われていた。それで、今日はなにを揃えていたかは、いくら店はせがれたちに任せてしまったといっても、どうしても気になってしまう。

桶に、ハマグリとシジミは別々に入って、砂抜きも終わっているが、ハマグリは握るほうに、シジミは味噌汁《みそしる》の具にするつもりだったのだろう。

ほかのネタを見ていくと、

「え、嘘だろ」

と、銀蔵は思わず言った。

「どうしたい、銀蔵？」

「いえね、いまどきマグロがあるんで驚いたんですよ。しかも、これはかなりいいマグロですぜ」

「それが変なのか？」

「あんまりいいマグロなんで。ちっと、食わせてもらっていいですか」

「いいだろう」

　シャリはまだ用意できていなかったのは残念だが、サクからちょっと厚めに切り出し、ワサビを載せ、醬油《しょうゆ》にサッとつけて口に入れた。

　柔らかく、甘味のある脂が口のなかに広がる。

「これはうまい」

「わたしにも食べさせてくれ」

　十四郎が言ったので、

「はい、どうぞ」

　と、切ってやり、待機していた番屋の二人にも、

「おめえたちも味わってみなよ」

　さらにふた切れ分を切った。

「ほう。ここはマグロの脂身ですか。うまいものですねえ」

　町役人は感心した。ふつう、江戸っ子はマグロは赤身のところを好む。ただでさえ下魚扱いされるのに、脂身などは貧乏人の食いものだと馬鹿にする。

「ほんとだ。うまいな」

　十四郎も感心した。

「でしょう」

「負けたかい？」

「ええ。でも、いまどきのマグロが、こんなにうまいわけないんですよねえ」

銀蔵は首をかしげた。近海で六月（旧暦）に獲《と》れるマグロは、産卵後で、コンニャクと呼ばれるくらい脂が抜けておいしくない。

だが、このマグロはたっぷり脂が載っていて、うまかった。

「マグロがうまいのと、殺されたことに、つながりはあるのかね？」

「あるような気がしますよ」

そうは言ったが、それに絞ることはできない。

二

「ここは住まいじゃないよな？」

銀蔵は、番太郎に訊いた。

調理場と客席しかない。厠《かわや》は外で、庭は植栽を植え、きれいに整えてある。二階はなく、ほかに寝床を敷けるような部屋はない。

「違います。向こうの路地を入ったところの宗右衛門長屋《そうえもんながや》に部屋を借りてました」

と、番太郎は店の裏手のほうを指差して言った。

「旦那。そっちも見ときましょう」

銀蔵がそう言って、二人は長屋に向かった。

店のほうは、いかにも高級そうで、金がかかった造りになっていたが、こちらはごくありきたりの、むしろ並み以下くらいの棟割り長屋である。ただ、木戸番小屋には、見るからに律儀そうな番人がいて、突き当たりは大店の高い塀もあり、盗人《ぬすっと》には入られにくそうである。

なかに入って、台所と四畳半を見渡すと、

「なんにもねえ部屋だな」

十四郎は呆《あき》れた。

家財道具は、長火鉢のほかは、布団くらいしかない。

「長火鉢はいいものですぜ」

堅いケヤキでつくられ、いかにも頑丈そうである。

「そうだな」

十四郎が、その引き出しを調べようとしたが、

「あれ、この三番目の引き出しが開かないぞ」

何度も取っ手を引くがびくともしない。

「なんなんだ。叩《たた》き壊してみるか？」

「ちょっと待ってください。こいつは箱根《はこね》細工みたいな仕掛けになっているんですよ」

と、銀蔵は引き出しの前に座り、三段になった引き出しの一番上をそっと引き、次に、二番目を引いた。だが、三番目は開かない。

「すると、こっちが先か」

さらに耳を澄ますようにして、二番目を引き出し、次に一番上を引き、二つとも開けたままで、三番目の引き出しを引くと、カチッとかすかな音がして、

「ほら、開きました」

「おう、なるほど」

そのまま、上の二つを閉めると、三番目の引き出しの中身が見えた。

「おう、なんと」

なかには、小判が四枚に二分銀が五つほどあった。

十四郎はじっとそれを見た。なにやら、頭のなかで欲しいものとこの額とが一致したみたいである。

銀蔵はその表情から察して、

「旦那《だんな》」

「えっ」

十四郎はギョッとした顔をした。

「そういう金を懐に入れる人もいるんですがね、お父上は決してそれはなさいませんでした。なぜなら、それをやると、殺しの狙いだけでなく、殺された男の懐事情だの、下手人を探る手掛かりまで消してしまうことになるんです」

「そうだよな」

十四郎は赤面した。

「そのかわり、お父上は信頼され、いくつかの大名家の世話を引き受けていました。たぶん十四郎さんにお鉢が回ってきますよ」

「うん」

十四郎はうなずいて、引き出しを元のようにもどした。

「銀蔵は、万五郎とはなじみがあったのかい？」

「いや、あっしはほとんどなかったんです。でも、向こうは、あっしのことを敵視していたみたいです」

「なんでだ？」

「番付が気に入ってなかったみたいです」

万五郎寿司は、今年の初めに出された『江戸握りずし番付』で、東の関脇に位置し、西の関脇だった銀寿司と、張り合うかたちになっていた。

万五郎も、銀寿司には対抗意識を持ち、

「銀蔵には負けたくねえ」

と、公言していたほどだった。

一方で、ほかの寿司《すし》屋については、

「あんなところが大関かい」

と、悪口は言いたい放題で、決して好かれてはいなかった。

そこらのことをざっと十四郎に説明すると、

「じゃあ、恨みがからんでいるかもしれないな」

「そうですね」

現場にもどり、銀蔵はさらに訊《き》いた。

「町役人さんは、ここで食ったことは？」

「あたしはないですね。なんせ、ここは高かったですから」

「そうだったみたいだね」

「とにかく、この店は食わせる者も一流なら、客も一流の者だけだなんてことを、広言してましたからね」

「なるほどな」

「身よりもいないらしいんです」

家族はいない。女房がいたときもあったらしいが、いまは一人暮らしだった。とは、銀蔵も人伝《ひとづ》てに聞いていた。

「しかも、万五郎は魚河岸《うおがし》にもあまり来てなかったですしね」

と、銀蔵は言った。

「魚河岸に来なかったら、どこで魚を仕入れるんだ?」

十四郎が不思議そうに訊いた。

「小田原河岸《おだわらがし》ですよ」

築地本願寺《つきじほんがんじ》の裏手にある小さな市場だが、ここからだと日本橋よりずいぶん近い。

「ああ、そうか」

葬儀などについては、町役人たちにまかせることにした。

三

万五郎の店には、奉行所の中間《ちゅうげん》一人と、町役人一人に詰めてもらい、十四郎と銀蔵は引き上げることにした。

「軽く一杯やって行きますか？」

「ちょっと飲みたいけど、おいらは懐が寂しいんだよ」

照れるようすが銀蔵に可愛く見えてしまう。

「この前話した行きつけの店なんですがね。もちろん、勘定はまかせてください」

「じゃあ、ちょっとだけご馳走《ちそう》になるよ」

銀寿司の前は通り過ぎて、おけいの店ののれんを分けた。

「あら、銀蔵さん」

「谷崎十三郎さまは知ってたかな？」

「背の高い、定町廻りの？」

「そう。こちらはご子息で、おれが十手を預からせてもらったんだ」

銀蔵がそう言うと、

「駆け出しなんだ。よろしく」

十四郎は照れた顔で挨拶《あいさつ》した。

酒を頼むと、最初に小鉢が出た。なんと、マグロの刺身ではないか。

「おい、マグロじゃねえか」

「そうですよ」

「大漁でもあったのかい？」

「そうかもね。いま、安いの。夏のマグロだしね」

「そうだな」

「銀蔵さんのお口に合うかどうかわからないけど、腹中あたりの脂身のところは、おいしく食べられますよ。強火で表面を焼いて、ちょっと脂を落としてみたんですけど。醬油《しょうゆ》を使わず、塩で召し上がってみてください」

言われるままに一口食べて、

「うん、うまい」

夏のマグロも、工夫次第でおいしくできるのだ。

ただ、万五郎寿司のマグロは、こんなものじゃなかった。江戸近くの海ではあまり獲《と》れない、冬のマグロそのものだった。

「でも、昔はお侍にマグロを食べさせようものなら、怒られたみたいですね」

と、おけいは言った。

「そうだよな。おれが二十歳前後のころは、町人だってそうだったよ。マグロなんか、こそこそ隠れて食うものだった。もっとも、そのころでもおれは、こんなうまいものが、とは思っていたけどな」

じっさい、マグロはイワシだのスッポンだのといっしょで、料亭などではまず出さなかった。握り寿司の元祖とされる〈与兵衛ずし〉では、大正時代あたりまで、「のれんに傷がつく」

と、マグロの握りは出さなかったほどである。

「じつは、わたしも、銀寿司に行くまで、マグロは食ったことがなかったよ」

と、十四郎は言った。

「そうでしたか」

「母親が、あれは武士の食べるものではないと言っていたし」

「おやじさんは？」

「おやじは銀寿司で食べてたから」

「そうですね」

と、うなずいて、

「この二十年くらいだろうな。徐々に町人がマグロを食うのが恥ずかしくなくなったのは」

銀蔵はおけいに言った。

「そうなんですね。なにか、きっかけでもあったんですか？」

「なんだろうな。魚河岸で聞いた話では、天保《てんぽう》二年（一八三一）だかに、やたらとマグロが獲れたときがあって、それからすしにも用いられるようになったとは言ってたな」

「そりゃあ、腐らせたら勿体《もったい》ないしね」

「そのときは、値段も安くなっただろうな」

このときのマグロの大漁については、『南総里見八犬伝』で知られる曲亭馬琴《きょくていばきん》の『兎園小説別集』にも、

「三尺くらいのもの、小田原河岸の相場で、一尾二百文（四千円）なりなど聞こえし」

と、記されている。一メートルに近いマグロ一尾が、四千円である。家族どころか、長屋じゅうで食べても、満足できただろう。

「しばらくは、脂身のところなんか人気がなくて、ねぎまにして食べるのがせいぜいだったんですよね」

「そうだな。だが、あれは、マグロの料理法としては、おれは勧めねえよな」

「あたしもそう思いますよ。あれじゃ、マグロの旨味もコクも、薄まっちゃいますよ」

マグロ談議のあいだ、十四郎はうまそうに酒を飲んでいる。父親同様にいける口らしい。

と、そこへ――。

フランスの軍人ピエール・ポワンが、通詞の小田部一平とともに顔を出した。

「オウ、おかっぴいノ銀蔵サン。イマ、銀寿司デ食べテ来タトコロデス。オイシカッタヨ」

「そいつはどうも」

「セガレ、腕イイネ」

「いやあ、まだまだでしょう」

と、首を横に振り、

「ポワンさんは、しょっちゅう来てるけど、江戸には飯食いに来てるのかい？」

と、通詞の小田部に訊《き》いた。小田部は、いちおう侍のなりをしているが、横浜の百姓のせがれで、わずか三年でフランス語がペラペラになったのだという。一平はもともとの名だが、名字のほうは自分で勝手につけたらしい。世のなかがごたごたしてくると、こういう異能の人間が現われるのだ。

「いや、ここんとこフランスは、幕府といい関係でしてね」

「そうなのか」

「ポワンさんは、フランス軍のなんというか、外交というか、渉外というか、とにかくいろいろ幕府のご重役たちと交渉を進めているんです」

「へえ」

「若いけど、かなりのやり手ですよ。粘り強いですし。今日は、勝安房守《かつあわのかみ》さまと話してきたのですが、勝さまも感心していました」

「たいしたもんだな」

「ただ、食いものも楽しみなことは間違いないです。それと、まあ、ほかにも……」

と、小田部は言葉を濁した。

「ははあ」

ポワンは、噂されているのがわかったらしく、小田部になにか言った。

「同心もいっしょなのは、なにか人殺しでもあったのかと訊いてますが」

「ああ、ありましたよ。面倒な、謎だらけの人殺しです」

銀蔵は、ハマグリとシジミのこと、それにマグロの謎についても語った。異人から見ると、わかることもあるかもしれない。聞いた話では、フランスの町奉行所というのは、かなり優秀らしい。

小田部が伝えると、ポワンの目が輝いた。

「銀蔵サン。ソレハ絶対、下手人ヲオシエテイルネ」

「そう思いますか？」

「ハマグリとシジミなら、ちょうどあるわよ」

と、おけいは調理場から取ってきて、

「ポワンさん。これがハマグリ、これがシジミ」

ハマグリ一つと、シジミ二つを、ポワンの前に置いた。

「フランスの人も、これ食べるのかしら？」

「貝は食べるけど、この貝は食べたことないと言ってます」

と、小田部が通訳した。

「あら、そうなの」

「おかっぴい。日本ノ名前、ハマグリサン、シジミサン、アリマスカ?」

と、ポワンは銀蔵に訊いた。

「そんな名前のやつは聞いたことないですねえ」

「ワタシモ考エテオクヨ」

ポワンはそう言って立ち上がった。今日は飲まずに、遅くなる前に横浜へ帰って行くという。

「なにしに来たのかしら?」

おけいが首を傾げると、銀蔵は少しムッとしたように言った。

「そりゃあ、おけいちゃんの顔を見に来たのさ」

四

翌朝——。

北町奉行所で十四郎と会うとすぐに、

「話を訊きたいのがいるんですよ」

と、銀蔵は言った。

「誰だい？」

「番付をつくった男なんですがね。名前はなんといいましたかね。あっしは番付屋と呼んでいるんですが」

「番付屋か」

「魚河岸《うおがし》の奥のほうに住んでまして、寿司《すし》だけでなく、そばだの、天ぷらだの、料理屋だの、いろいろ食いものの番付をつくっているんです。そいつなら、万五郎のことも、よく知っているはずです」

「なるほど」

魚河岸のかなり奥で、町で言うと、ここらは安針町《あんじんちょう》だろう。

ガタガタいう腰高障子を開けると、

「あ、銀寿司の親方」

と、ぺこりと頭を下げた。

歳は三十半ばほどか。食いものの番付をつくるのにふさわしく、見事にダルマのような顔と体型をしている。

それから、銀蔵の後ろにいる町方の同心を見て、不思議そうな顔をすると、

「もしかして、番付のことで怒ってますか？」

「なにを怒るんだ？」

「銀寿司を大関にしなかったことですよ。あっしも本当は大関にしたかったんです。でも、それをすると、与兵衛ずしと安宅松《あたけのまつ》ずしの人たちから、こっぴどくやられますのでね。次からは、あそこは行司役になってもらいますので」

「そんなことは構わねえ。だいいち、おれはもう寿司は握らねえよ」

「なんでまた？」

「おめえは若いから知らねえだろうが、じつはおれはこういうものを預かってるんだ」

後ろに差していた十手を見せた。

「十手？　あ、そういえば誰かに訊いたことがあります。銀寿司の親方は、以前、凄腕《すごうで》の岡っ引きだったって」

「凄腕かどうかは知らねえが、もういっぺんやることになってな。こちらは、定町廻《まわ》りの谷崎十四郎さまだ」

銀蔵がそう言うと、十四郎は軽くうなずいてみせた。

「そいつはどうも」

「それで、銀座四丁目の万五郎だがな」

「はい。万五郎さんは完全にご立腹でした。なんで、与兵衛ずしだの安宅松ずしより、おれが下なんだって」

「その万五郎が殺されたんだ」

「ええっ」

「まだ聞いてないか？」

「ええ。いま、うどんの番付をやっていて、ここんとこすし屋はご無沙汰《ぶさた》だったもので。いつのことですか？」

「昨日の昼過ぎだよ」

「そうなので。驚きましたねえ」

「それで、当然のことだが、下手人を捕まえなくちゃならねえんだが、万五郎ってのは恨みを買うやつだったんだろうな？」

「そりゃあ、そうでしょう。なんせ、言いたい放題ですから。与兵衛ずしや松ずしだって、万五郎さんにかかっちゃ、ぼろくそです。あいつらは、魚の裏表もわからねえ。魚より、どじょうでも握っていりゃあいいんだと、広言してたくらいですから」

「与兵衛ずしや松ずしの人たちは、怒ってなかったのか？」

「もちろん、怒ってましたよ。とくに華屋与兵衛さんは、そもそも握りずしはうちが元祖で、万五郎は真似してるだけだろうって。魚河岸で会ったら、ただじゃおかないと。あそこは、若い弟子も多いですから、そうですか、ついにやったんですね」

と、番付屋は決めつけた。

「おい、まだ与兵衛ずしの連中がやったかどうかはわからねえよ」

「じゃあ、松ずしの人たち？　でも、あそこは偉そうな口を利くなら、おれのところくらい売れてからにしろと、鷹揚《おうよう》なものでしたよ。なにせ、万五郎さんのところと松ずしとは、売上は軽く一桁《ひとけた》違いますからね」

「なるほどな」

「ただ、銀蔵さんの悪口は聞いたことなかったですし、番付が自分より下のところも、馬鹿にはしていましたが、悪口はさほどでもなかったと思います。とにかく、有名な老舗《しにせ》面に対しては、もう無茶苦茶でしたね」

「なるほどな。それと、万五郎は一人であの店をやっていたのか？」

「そうですよ」

「弟子はいねえのか？」

「弟子はたまに取るんですが、なにせ厳しいので、すぐに逃げちまうんです」

「そういうやつが、万五郎を恨んでいることもあるかな」

「ははあ。それは、あっしにはなんとも」

「女房はどうだ？」

「女房もいっしょですよ。万五郎さんは、見た目もいい男だったし、有名な万五郎寿司の女将《おかみ》になれるならって、けっこうもてるんですよ。ところが、あんまり乱暴にするんで、早々に逃げ出してしまうみたいです」

「じゃあ、逃げた女房が恨んでいるってこともありそうだな」

「そうですね」

「あんた、知ってる前の女房はいねえか？」

「ああ、そういえば、ついこのあいだまでいた二人目の女房は、伊勢堀の近くで飲み屋をしてるって聞きました」

「名前は知らないか？」

「ええと、変わった名前だったんですよね」

「変わった名前？　おすしとか？」

「そんな馬鹿な」

「相撲取りみたいな名前だったとか？　牛錦《うしにしき》とか？　猪王《ししおう》とか？」

「違います。あ、そうだ。おちょんといってました」

「おちょんか。なるほど変わってるな」

「気性も変わっているふうでした」

「それでな。万五郎のところに妙なことがあったんだ。一つは、遺体のすぐそばに、ハマグリが一つとシジミが二つ、意味ありげに置いてあったんだ」

「ハマグリ一つにシジミが二つ？　なんですか、それは？」

「思い当たることはねえか？」

「なんですかねえ。すしネタにするつもりじゃなかったので？」

「ハマグリはともかくシジミもか？」

「シジミがネタになるとは思えませんが、万五郎さんは、新しいこともしたがりましたからね。マグロだって、赤身のところより脂身のほうを食わせたがりましたし。しかも、脂身のところを腐るんじゃないかと心配するくらい寝かせて、そこからヅケにするんですぜ」

「ほう。そりゃあ、うまそうだ」

だいたいが、マグロは獲《と》れたてより、寝かせて熟成させたほうがうまくなる。筋も消えたりする。だが、その寝かせ加減は、天気によってまるで違ってくる。銀蔵もそこはつきつめてみたかったが、それはせがれたちの仕事になるのだろう。

「それでな、万五郎のところにもマグロがあったんだが、そのマグロがいまどきのマグロじゃねえ。冬のマグロみたいに脂がのってたんだ」

「へえ。確かにいまどきのマグロはコンニャクと言われたりするくらいですからね。だったら、万五郎さんが独自のやり方で、寝かせたりしたのでは？」

「いやあ、いくら寝かせても、あんなふうに脂がのるもんじゃねえな」

「そうですか。まあ、銀蔵さんがそう言うなら、間違いないでしょう」

「寝かせたという以外に、なにか考えられねえか？」

「どうですかね。万五郎さんは、魚の日持ちをよくするのに、氷を使うやり方を考えているとは言ってましたけどね」

「氷だと？」

「ええ。それで、氷室ってのがありますでしょう」

「ああ。北国のお大名のところで持っていたりするよな」

「あれを自分のところでつくれたらいいんだがとは言ってました」

「そんなことまで？」

「なんでも、アメリカだか、エゲレスだかでは、夏に氷をつくることができる機械ってのもあるらしいですよ」

「ほんとかよ」

それは衝撃的な話である。しかも、万五郎はそんなことまで知って、すしをうまくしようとしていたのも驚きである。

「でも、ハマグリだのマグロだのは、殺されたことに関わりがあるんですか?」

「それはまだわからねえんだ。また来るかもしれねえ。ありがとよ」

礼を言って、番付屋を後にした。

五

「とりあえず、華屋与兵衛のところは当たってみるべきだろうな」

と、十四郎が言った。

「ええ」

銀蔵はまだ、番付屋から聞いた話の衝撃が残っている。万五郎というのはやはり、なかなかの男だったのではないか。

「だが、怪しいところはほかにもありそうだな」

「ま、それはおいおい流れのなかで当たっていきましょう」

そう言って、与兵衛ずしへ向かった。

両国橋を渡って、回向院《えこういん》の前を左に行く。横網町《よこあみちょう》のごちゃごちゃした一画である。

「こんなところにあるのか？」

十四郎は意外だったらしい。有名な店だから、両国でも広小路に面したあたりに、堂々たる店を構えていると思っていたのだろう。

「これでも、いまは道に面していますでしょう。先々代だかが、最初に握りずしを始めたときは路地を入ったところにある間口も二間（三・六メートル）ほどの店だったそうですぜ。それが、うまいというので大繁盛して、こうして前に出てきたんですよ」

「そうなのか」

それでも間口は三間ほどか。

だが、店に入ると、奥行きはかなりあって、廊下がずうっと奥の、霞《かす》むくらい向こうまでつづいている。

「まだ、やってませんぜ！」

調理場から声がした。

「客じゃねえ。ちっと訊《き》きたいことがあってな」

「訊きたいこと?」

なかから四十くらいの男が現われた。頭は坊さんみたいにつるつるに剃《そ》り上げていて、そのくせ腕には波模様のような彫り物をしているので、異様な迫力がある。

「なんだ、銀寿司の親方じゃねえですか」

「ああ」

「そうだ。また、十手を握ることになったと聞きましたぜ」

「早いな」

「そりゃあ、魚河岸《うおがし》じゅうで噂ですから」

「それでな、銀座四丁目の万五郎寿司の万五郎が殺されたんだ」

言いながら、銀蔵は与兵衛の顔をじいっと見た。

「…………」

表情はあまり変わらない。が、声もない。

「もしかして、あっしを疑ってます?」

「万五郎がずいぶん与兵衛ずしの悪口を言ってたと聞いたんでな。しかも、魚河岸で会ったらただじゃおかねえと」

「まあね。でも、野郎は魚河岸には来ねえのを知ってましたから」

「そうなのかい？」

「野郎は、築地の裏にちいせえ河岸があるでしょう。あすこで仕入れるんです。なじみの漁師が何人かいるみたいだけど、怖くて日本橋には顔を出せなかったんでしょう」

「そうかもな」

「だいたいが、あの野郎、偉そうなことを言いながら、店は掃除も間に合わねえほどだったそうですぜ。すしを握るんだったら、なによりまず、清潔を心掛けなくちゃならねえ。そうしねえと、魚ってのは腐りやすいし、汚くしてると足が速くなるんです。ですから、うちは、魚には汗のひとしずくも垂らしちゃならねえと、弟子もあっしも皆、丸刈りに鉢巻ですぜ。腕も剃り上げています。毛なんて、ぽわぽわしたものが生えてると、汗も垂れるし、不潔になりますからね。魚はとにかく、ほかの味や匂いはいっさいつかねえようにして、仕込みをしなくちゃなりません」

　与兵衛はひとしきり息巻くと、

「それで、あっしをお疑いで？」

「昨日の昼だがな。どこにいた？」

「昼ごろ？　ここの二階で寝てました。朝いちばんに魚河岸で魚を仕入れたあと、弟子に仕込みを指示してから、しばらく寝るんですよ。それから起きて、湯に行きます。その、どこらあたりの話ですか？」

「なるほどな。わかった。邪魔したな」

「いいんですか？」

与兵衛は、もう少し疑ってくれても構わないという顔で訊いた。

「ああ。あんたが言ってるのは本当のことだろう」

「もちろん本当ですが」

「そもそもが、あんたとか弟子たちとか、そんなにつるつるでのっぺりした男たちが、昼間に銀座四丁目に現われたら、目立ってしゃあねえだろうが。誰も、そんなつるつるでのっぺりした一団は見てなかったみたいなのでな」

銀蔵は苦笑しながらそう言って、与兵衛ずしを出た。


「殺された万五郎も変なやつだったみたいだが、あのおやじも相当変わってるな」

歩きながら、十四郎は言った。

「ええ。腕のいい職人には、面倒臭いのが多いんですよ」

「そうみたいだな」

「逆に言うと、面倒臭くないやつは、一流にはなれねえのかもしれませんよ」

「銀蔵はどうなんだ？」

「あっしですか？　自分のことはわかりませんね。他人さまが、面倒だと思うかどうかですから」

銀蔵がそう言うと、十四郎はニヤリとした。

いったん、銀座四丁目の万五郎寿司の現場をのぞいた。すでに遺体は早桶《はやおけ》に入れられ、線香も供えられていた。先ほどは、町役人の手回しで、菩提《ぼだい》寺の坊主が来て、お経もあげていったという。

通夜は今日で、弔問客の名前はすべて書いてもらうよう頼み、銀蔵と十四郎はようやく昼飯のそばをかっ込むと、

「次は、伊勢堀の近くで飲み屋をしてるという前の女房の話を聞きましょうか」

「だが、伊勢堀の近くの飲み屋と言ってもかなりの数があるんじゃないか」

「旦那《だんな》。飲み屋のことは、やくざに訊くのがいちばんなんです」

「やくざ？」

「あいつらはみかじめ料が欲しくて、新しく飲み屋ができたというと、必ず顔を出

してますよ」

「なるほど」

「顔が利くやくざはいますか？」

「いや、いないよ」

「でしたら、あっしの顔で訊きましょう」

と、雲母橋《きらずばし》のたもとにやって来ると、周囲を見回した。

「まだ、昼どきで歩いているやくざは少ないんですがね」

「だろうな」

「早起きのやくざと早寝の泥棒は出世しないとも言いますが」

「銀蔵、なに言ってんだ？」

「あ、そこ、そこ」

銀蔵は、飲み屋か水茶屋かよくわからない店のなかに入るとすぐに、

「いいから、ちっと話を訊きてえんだ」

若くて柄の悪い男を引っ張り出してきた。

「なんだ、てめえ。おれを誰だと思ってんだ？」

「それはこっちの台詞《せりふ》だ」

と、銀蔵は十手を見せ、

「なんだ、そっちの筋かんという女がやってる飲み屋を知らねえか？　近ごろ、始め
「この界隈《かいわい》で、　おちかな」

たばかりの店な　ああ、あの変な女が始めた店か」

「おちょん？」

「どこ駄屋のすぐ裏に小屋掛けみたいな店があるんだ。そこだよ。まったく、

「気味悪い店じゃ、みかじめ料も取れやしねえ」

りがとよ」

若いやくざを突き放して、下駄屋の裏をのぞいた。

「それですね。ほんとに小屋掛けみたいな店ですぜ」

「ここ飲み屋か？」

疑わしそうに十四郎が、筵《むしろ》をめくると、

「もうちょっと待ってください。まだ、顔も洗ってないんで」

と、女の声がした。

狭い店の壁には、藁人形《わらにんぎょう》がいっぱい貼りつけてある。なんとも不気味で、とても

飲み屋には思えない。若いやくざが言ったように、これではみかじめ料も期待できないだろう。

「客じゃねえ。町方の者だ。話を聞かせてくれ」

銀蔵が奥に向かって怒鳴った。

「町方ですって？」

女が奥から出て来た。

「おちょんさんかい？」

「そうですが」

「万五郎の女房だったんだろう？」

、別れましたよ」

銀蔵よ、昨日、殺されたぜ」

「ほんとでうと、おちょんの顔が輝いた。

「あんたも殺したたついに願いは叶《かな》いました」

「そりゃあそうですよ」たのかい？」

「あんたがやったんだ？」

「お生憎《あいにく》さま。捕まることを考えたら、馬鹿馬鹿しくてやれませんよ。あんなやつ殺して、あたしの人生を終わりにしたくないですから。その代わり、呪ってやったんです。ほら、ここの藁人形はぜんぶ、万五郎を呪うためのものですよ」

「そんなにひどいやつだったのか？」

「あたしはね、あの店のためならなんでもやろうと思って嫁になったんですよ。ところが、包丁は握るな、仕込みもやるな。皿を洗うだけでいい。それと、酒の燗《かん》をしてればいいと、こうですからね」

「へえ」

「あたしは女中じゃないんだからと言って、お客に酒を運んだんです。そのときにお客の前でちょっと笑顔でも見せようものなら、怒るんです」

「やきもちか」

「違いますよ。おれんとこはすしの味だけで勝負するんだから、おめえの変な笑い顔は邪魔だって言うんですよ」

「まさか、殴ったり蹴《け》ったりも？」

「いいえ、さすがにそこまでは。だって、あたしはこんなにひよわでしょ」

確かに、顔こそ整っているが、背も小さく、痩《や》せて貧弱な身体つきで、万五郎に殴られたりしたら、吹っ飛んでしまうだろう。逆に言えば、この女の力では、包丁を万五郎の胃のあたりに、あれほど深々と刺すなんてことはできそうもない。

「そうだな。あんたのほかには、誰か思い当たるやつはいねえかい?」

「あたしは直接には知りませんが、なにせああいう人ですから、恨んでいる人もいっぱいいたと思いますよ」

「そうか。ところで、ここは飲み屋なのかい?」

「飲み屋ですが、一人きりしか入れないんです」

「あるじ一人、客一人か?」

「はい。それで、じっくり恨みつらみを聞いてあげるんです。意外に好評でしてね。これでもお客はひっきりなしですよ」

「へえ」

とは言ったが、半信半疑で外に出ると、すでに客が三人ほど並んでいた。いずれも、世のなかに恨みつらみは山ほどありますという顔をしていた。

六

華屋与兵衛も、前の女房のおちょんも、まず下手人とは思えない。調べは早くも行き詰まってしまった。とりあえず、銀座四丁目の万五郎寿司にもどって来たが、通夜の弔問客はまだ来ていない。

「こうなったら、万五郎が悪口を言っていたという、老舗《しにせ》面したところを、片っ端から当たるしかねえか」

と、十四郎は言った。

「いや、手がかりなしでやっても、無駄足になると思いますぜ。何人か下っ引きでも使えれば、それもやれますが、いまの時代、安い銭で動いてくれる気の利いたやつは少ないですからね」

「そうか」

ちょっと離れて万五郎寿司を見ていると、忌中のすだれを見て、若い男が残念そうにしているので、声をかけてみた。

「よう。ここには、よく来てたのかい?」

「よくというか、一度だけですが」

「万五郎は殺されたぜ」

「殺された……。恐ろしいですね」

どこか予期していたような言い方である。

「万五郎のことはよく知ってたのかい？」

「そんな、知ってるだなんて」

男はやけに怯《おび》えている。なにか知っているのではないか。

「ちょっと、遺体を見てくれるか？」

「いや、あたしは何も知りませんから」

と、男は慌てて立ち去ってしまった。

「旦那《だんな》」

「ああ」

二人は、跡をつけた。

男は木挽橋《こびきばし》のたもとで河岸を降り、猪牙舟《ちょきぶね》に乗り込んで、煙草に火をつけた。どうやらこの舟の船頭らしい。いつも、ここで客待ちをしているのかもしれない。

船頭だから、櫓《ろ》を漕《こ》いだりするので、腕の筋肉などはもりもりしている。だが、表情は険しくはなく、むしろ気の弱そうなところも窺《うかが》える。

柳の木の陰からそのようすを見ながら、

「変ですね」

と、銀蔵が言った。

「変？」

「あいつが客であの店に来ていたというのは変でしょう」

「なんで？」

「万五郎のところは、値が張ったんです。うちだったらともかく、船頭の稼ぎではなかなか食えなかったと思います」

「なるほど。そいつは変だな」

「どうします？」

「軽く脅して、話を訊《き》くか」

「そうしましょう」

河岸の段々を降りて、

「おい」

と、十四郎が声をかけた途端、船頭は猛然と櫓に飛びつき、急いで舟を出すと、お濠《ほり》のほうへと漕ぎ出して行ってしまった。

「糞《くそ》。逃がしてたまるか」

銀蔵は近くにあった船のもやいをほどき、飛び乗ると、

「十四郎さん。追いましょう」

「いいのか？」

「あとでもどして、銭を払っておきますよ」

「でも、もうずいぶん遠くに行っちまったぞ」

「なあに、こっちは二丁櫓です。捕まえられますよ」

十四郎も、どうにか櫓くらいは漕げるらしく、すぐに銀蔵と調子を合わせ、どんどん速度が上がった。

お濠を抜け、築地川から海に出た。男の舟は品川《しながわ》のほうへ向かっている。だが、芝浜《しばはま》の沖合あたりで並びかけ、

「もうちょっと寄せますぜ」

と、銀蔵が向こうの舟に飛び移るところまで行ったが、漕ぎ手が十四郎だけになったため、急に舟の向きが逸《そ》れた。

「おっと」

銀蔵は跳んだはいいが、あと少しのところで縁に足が届かず、海に落ちた。十手の重みもあって、いったんぶくぶくと沈みかけたが、必死で足をばたつかせ、海面に出た。泳ぎは得意だったが、水に浸《つ》かるのは三十年ぶりである。

「銀蔵。大丈夫か？」

十四郎も漕ぐのをやめ、海に落ちた銀蔵を引っ張り上げた。

男の舟は、一町ほど先に行ってしまい、銀蔵もドッと疲れが出て、もう一度、追いかける気は失《う》せてしまった。

「あんなに必死で逃げたところを見ると、下手人かな？」

十四郎の問いに、銀蔵は首を横に振って言った。

「いや、下手人じゃないでしょう。でも、なにかを知っているんでしょうね」

七

元の場所に船をもどすと、銀蔵と十四郎は築地本願寺裏手の小田原河岸にやって来た。魚市場にちょうど魚が揚がってきたところらしく、競りがおこなわれている。

うるさいくらい、さまざまな掛け声が飛び交っている。

「なんて言ってるか、わからねえでしょう？」

「うん。符牒《ふちょう》ってやつだろう？」

「そうなんです。残念ですが、谷崎の旦那にも教えませんぜ。おれたちだけに通じる言葉にしとかねえと、まずいんでね」

「そりゃそうか」

十四郎も素直に納得した。

だが、その声を聞くうちに、銀蔵の頭のなかでなにかが閃《ひらめ》いた。

ハマグリとシジミ。大きなハマグリの肩のあたりに、小さなシジミが二つ並んでいた、そのようすが頭に浮かんでいる。

もしかして、ハマグリはほかのなんでもよくて、ただの貝のことではなかったか。

貝が一つ。

一つというのは、魚市場やすし屋の符牒だと、

「ぴん」

とも言うし、

「そく」

とも言う。

肩のあたりに置かれたシジミは、もしかしたら、点々ではないか。

「貝がぴん」

点々がついて、

「がいぴん？」

いや、そんな言葉はない。

そくのほうだと、

「がいそく？　違う。そくのほうにつけると？　かいぞく？　海賊？」

そこで手を叩《たた》いた。

「旦那。万五郎が報《しら》せようとしたことがわかりました。下手人はおそらく、海賊のたぐいだったんですよ」

「海賊だと？」

「ええ。符牒です。貝のぞくなんです。周りに紙や筆がなくて、とっさに思いついたことだったのでしょう。これで、マグロの謎がわかれば、さらにはっきりしてくると思いますがね」

ちょうど競りが終わり、集まっていた魚屋や料理人たちが引き上げにかかっている。

誰かに話を聞こうと見回すと、

「よう。銀蔵」

声をかけて来たのは、木挽町にある料亭〈まさご〉のあるじだった。

「ああ、まさごの旦那。ご無沙汰《ぶさた》してました」

もう七十は超えているはずだが、矍鑠《かくしゃく》としている。まさごを一代で有名な料亭にしたやり手の料理人でもある。

「聞いたぜ。また十手を預かったって」

「そうなんですよ」

「そちらは谷崎さまのご子息の」

と、頭を下げ、

「万五郎のことか？」

銀蔵に訊いた。

「そうなんです」

「あれはずいぶん嫌われてたけど、おれはそうでもなかったな」

「ほう」

「あいつは、寿司《すし》にのめり込んでいたんだよ。それで、なんだろうな、夢のようなすしがつくりたかったんだろうな」

「夢のようなすし？」

「しかも、完全無欠のすしだよ」

「ふうん」

銀蔵には、すし職人として、そういう考え方にはわからないところがある。食いものには、どうしても人それぞれ好みというのがある。しかも、その好みは、疲れ具合だの気候だの、あるいは前に食べたものなどによって変化する。だから、万五郎が夢見たような完全無欠のすしなど、あり得ないということになってしまう。

もちろん、銀蔵は自分の仕事に手を抜いていたわけではない。魚やエビや貝やイカなどの旬のものを、いちばん合った仕込みで食べさせるということは、常に心掛けてきた。だが、評価というのは、あくまでも客が下すことだった。

「万五郎はすしに似て、すしを超えるような、まだ見ぬ食いものをつくりたかったんだな」

まさごのあるじはしみじみとした調子で言った。

「ところで、万五郎は海賊みたいな連中と付き合いはなかったですか？」

「海賊？　ああ、あいつらのことかな」

「どういうやつらです？」

「元々、万五郎の幼なじみだったはずだな。沖合で漁をしていた連中なんだが、この数年、横浜の異人たちと知り合いになって、いろいろ物資を分けてもらい、新川《しんかわ》の唐物屋とかに卸したりしてるんだが、万五郎のところにもなにか持って来ていたみたいだな」

「なにかというと?」

「チラッと見たら、赤い切り身みたいだったな」

「もしかして、マグロ?」

「ああ。マグロだったかもな」

マグロと海賊が、ようやくつながったらしかった。

八

夜になって、今日も十四郎といっしょにおけいの店にやって来ると、ポワンと通詞の小田部がいて、なんだか急に慌てたような顔をした。

「ん?　邪魔だったかな?」

銀蔵がそう言うと、

「そんなんじゃないんです。ポワンさんが、おみやげをくださったから、お礼を言ってたとこだったんです」

おけいが笑って言った。

「おみやげ？」

「なんか、新しい船がついて、頼んでいたのが届いたんですって」

「へえ。おけいちゃんもフランスの男から土産をもらうなんざ、てえしたもんだ」

「やあだ。からかわないでくださいよ。それで、うちも店の造りを横浜ふうに改装しようかなと思っているんです」

「横浜ふう？」

「そう。こんなふうに縁台とか樽《たる》を並べるんじゃなくて、四角い卓をいくつかおいてね、その周りに背もたれのついた腰かけを置くようにしようかなって」

「なんだ、そりゃ」

銀蔵が首をかしげると、

「銀蔵さん。そのほうが客も居心地がいいんですよ。楽だし、話もしやすいし、飲みものや食いものも置きやすいし、いっぺん横浜の店に来てみるとわかりますよ」

「この店の改装はともかく、ポワンさんに訊《き》きたいことがあったんだよ」

小田部がそれをポワンに伝えた。

「ナンデショウ？」

「蒸気船てえのは、漕《こ》ぐ船よりずいぶん速いんでしょ？」

銀蔵がそう言うと、小田部が訳して伝え、

「それはまあ、速いでしょうと言ってますよ」

「どれくらいの速さで走るものなんですかい？」

「船によっていろいろだけど、このところずいぶん速くなっているそうです。ポワンさんが聞いたところでは、幕府の咸臨丸《かんりんまる》は六ノット（時速約十キロ）だそうですが、いまではほかに比べてかなり遅い船になっているそうです。いまは、その倍の十二ノット（時速約二十キロ）は軽く出るそうです」

「だとすると、アメリカを出た船は、何日くらいで横浜に着くんですかね？」

「それは難しいみたいですね。天候に左右されますから」

「そりゃそうだわな」

「それに、蒸気船もつねに石炭をくべて蒸気の力で走るわけじゃありませんよ」

「そうなの？」

「帆や櫂《かい》を使うこともありますし」

「そうなのかい」

「ほとんどが帆をつけてるでしょ。あれで風の力で航海しているときもあるし、両方使うときもあります。そのときは、飛ぶように走りますよ」

「なるほどねえ。そうすると、アメリカと横浜のあいだは、どれくらいかかります？」

銀蔵の頭には、マグロの謎が浮かんでいる。その謎は、蒸気船が解いてくれるのかもしれない。

「横浜とアメリカのあいだですか」

小田部が伝えると、ポワンは考え込んだ。

「だいたい、フランスの船は、太平洋を越えて来ませんからね」

と、小田部が補足した。

「いや、わからねえならいいんです」

「おおまかな目安でもいいですか？」

「ぜひ」

小田部はポワンに訊《たず》ね、

「アメリカのサンフランシスコと横浜のあいだは、ずいぶん早くなっていて、だいたい二十日ちょっとで到着できるみたいですよ」

「二十日ですか」

生のマグロは、この時季、二十日は持たない。だが、日本に近づいたあたりで、船の上からマグロを釣り上げるなら……。冬のように餌をたっぷり食べて、脂ののったマグロかもしれないではないか。

「銀蔵さん。そんなに蒸気船のことが知りたかったら、横浜に来てみたらどうかと、ポワンさんは言ってますよ」

「横浜に？」

「ソウ。面白イヨ」

と、ポワンが言った。

今晩は、とある旗本の家に泊まるが、明日早く、船で横浜に向かうので、それに同乗させてくれるという。

「どうします、十四郎さん？」

「行こうよ。おいらも一度、行ってみたかったんだ」

と、十四郎はいかにも若者らしく目を輝かせた。

九

翌朝――。

銀蔵と十四郎は、八丁堀《はっちょうぼり》の稲荷橋《いなりばし》近くに泊めてあった船に、ポワンと小田部とともに乗り込んだ。四丁の櫓《ろ》がある小ぶりの屋形船で、フランス人たちが、江戸との往復に利用しているらしい。もちろん船頭も四人いるから速度も相当なもので、一《いっ》刻《とき》足らずで横浜に着いてしまった。

「凄《すご》いな、銀蔵」

「ええ」

十四郎と銀蔵は、二つ並んだ桟橋《さんばし》の前の海を見て驚いている。

「小田部さん。こんなに蒸気船が来てるのかい？」

「そうなんですよ」

皆、沖のほうに停泊しているが、その数はざっと数えても二十艘《そう》以上ある。そこから、艀《はしけ》が桟橋と行ったり来たりしているが、その艀の数も相当なものである。

小さいほうの桟橋に船が着けられ、ポワンとともに陸地に上がった。

このころの横浜の正式な出入口は、関所も設けられた吉田橋になっていたが、抜け道は必ずできるらしい。

きょろきょろしながら歩き出すが、とにかく道が広いのにも感心する。江戸の道の倍ほどもある。しかも、その両側には、ずらりと日本の家のかたちとはずいぶん違う異人館が建ち並んでいる。いつの間に、こんな景色ができ上がっていたのかと、啞然《あぜん》としてしまう。白っぽい家が多く、黒い瓦《かわら》に黒板塀や黒壁の多い江戸の家並とは、まるで違って、いかにも明るくて清潔な感じがするとともに、背後にある莫大《ばくだい》な富も窺《うかが》わせる。

「へえ、たいしたもんですなあ」

銀蔵は素直に感心しているが、十四郎はなんとなくむっつりしている。どうやら、圧倒されてしまったらしい。

「ソウダ。面白イモノヲ食ベサセルヨ」

ポワンは、一軒の家のなかに銀蔵と十四郎を案内した。

「ここは、アメリカ人のやっている店なんです」

と、小田部が教えた。

若い異人が、四人分の皿と匙《さじ》を持ってきた。小さな皿に、白いものが載っている。

「ドウゾ。食ベテ」

それを匙ですくって口にいれると、

「嘘でしょ」

「驚いたでしょ?」

小田部が面白そうに言った。

「いまは六月ですよ」

「うん。だが、こういう食べものがあるんですよ」

「なんという食いものなんだい？」

「アイスクリームというんですよ」

慶応《けいおう》元年五月、リズリーという怪人物が、この居留地でアイスクリームサロンを開業した。氷は天津《てんしん》から輸入されたものである。

もっとも、製氷機もすでに発明されていて、この数年後には横浜にもたらされる。

「ほら、あの男ですよ」

小田部は二つほど向こうの卓にいる金髪の男を小さく顎《あご》で示した。

「これをつくっているのが？」

「そう。あいつは、もともと曲馬団の団長で、曲芸を見せるために横浜にやって来たんです。でも、そのまま住みついてしまって、いまは牛乳を売ったり、いろんなことをしていますよ」

「牛の乳を」

どうやらここ横浜は、違う世界になっているらしい。

ポワンは用事があるとかで、フランスの領事館とかいう立派な建物のなかに入っていった。小田部はしばらく十四郎と銀蔵に付き合ってくれるらしい。

もう一度、桟橋のほうにもどって来ると、

「おい、銀蔵」

十四郎が顎をしゃくった。

「ええ」

昨日、逃がしてしまった船頭を見つけたのだ。

船頭は、二人組の男となにか話している。

「あの野郎、横浜まで逃げて来たのか」

「もともと行ったり来たりしてるのかもしれませんね」

「捕まえるか？」

「いや、それよりいっしょにいる連中が臭いでしょう。あいつらが、万五郎が教えようとした海賊かもしれませんぜ」

「そうだな」

「小田部さん。あの男たちを知ってるかい？」

「ああ、ときどき見かけますよ。もっぱらアメリカ人に取り入って、面白いものを仕入れたがっているみたいですけど」

「もしかして、あのマグロも。そうか、小田部さん。アメリカ人たちは、来る途中、船の上で釣りをすることなんかあるんですかね？」

「どうだろう？　訊《き》いてみましょうか、アメリカ人に？」

「アメリカ人も言葉はいっしょなんですか？」

「いや、そっちの言葉も覚えてましてね」

小田部はそう言って、近くにいたアメリカ人らしき男に話しかけた。

何度かやりとりがあって、

「やることはあるみたいですね。ただ、走っている船だから、そんなにうまいことは釣れないけど、速度を落としたりするときは、釣れるみたいですよ」

「マグロは釣れるかと訊いてもらえるかい？」

「いいですよ」

ふたたびやりとりがあって、

「釣れるそうです。ちょうど来るときも、八丈島《はちじょうじま》のあたりで、マグロを釣り上げて、皆で食ったそうです」

「やっぱりそうか」

ちなみに、マグロにタグをつけ、どんなコースを辿《たど》るのかを調べた例では、いくら回遊魚といっても、水槽をぐるぐる回るように、きれいに日本海や太平洋を巡回するわけではないらしい。おおむね、海流に乗って、南から北へ向かうのだが、途中、じぐざぐに進んだり、無駄に周回したり、あげくにはアメリカ大陸のほうに行き、カリフォルニアの沖合で周回していたりする。マグロだって、人間同様にけっこう気まぐれで、なかには群れからはぐれるのもいれば、律儀に周回するのもいたり、予想どおりにはいかない。

したがって、日本にだいぶ近づいた八丈島あたりで、丸々と肥《ふと》ったマグロを釣り上げていたとしても、決して不思議なことではないのだ。

「謎も解けたし、下手人も見えたな」

十四郎が言った。

「どうします？　ここで連中をひっ捕まえても、江戸まで連れて行くのは大変ですよ」

「そうだな」

「しかも、暴れられると、面倒かもしれないし」

「江戸に来るかな？」

「なんせ、人殺しをしてますから、しばらくは警戒して、江戸には出て来ないかもしれませんね」

「どうしたものかな」

「やっぱりあの船頭を脅しましょう」

「わかった」

連中と話し終えて、舟にもどろうというところを、すばやく近づいて、

「もう逃がさねえ」

腕を取り、小指をひねりながら耳を摑《つか》んだ。

「痛い、痛い」

「おめえは、さっきの男たちの仲間か？」

「あの人たちは客です。お得意さまです」

「やっぱりな。それで、おめえは一昨昨日《さきおととい》の昼に、銀座四丁目の万五郎寿司に行ったよな」

「行きましたが、あの人たちを近くまで乗せて行って、そこから横浜に来ただけです」

「あいつらが万五郎をどうかしたかは知ってるのか？」

「よくは知りませんが、もどったとき、血がついていたんですよ。それで、万五郎さんになにかしたのかとは思っていたんですが」

「それで、あそこをのぞいていたんだな」

「そうです」

銀蔵は、摑んでいた指と耳から手を離し、

「万五郎はあいつらに殺されたんだよ」

「やっぱり、そうですか。一度、あそこのすしを食わせてもらって、凄《すご》いすしを握る人だと尊敬していたんですが」

「あいつらは、海賊か？」

「みたいなものだと思います。元は漁師ですが、抜け荷の仕事をしていて、いまは蒸気船の人たちにも食い込んで、儲《もう》け話を見つけているみたいです」

「名前は？」

「命令しているほうが、梶《かじ》右衛《え》門《もん》といいます。もう一人は、留《とめ》と呼んでますが」

「あいつらは、もう江戸には行かねえのか？」

「万五郎寿司のあたりには、しばらく近づく気はないみたいです。でも、今日は夕方から深川《ふかがわ》まで乗せて行くことになってます」

「深川のどこだ？」

「木場《きば》の汐見橋《しおみばし》のたもとです。木場の旦那《だんな》衆に得意客がいるみたいです」

「よし、わかった。おめえは見逃してやるが、夕方からしらばくれてあいつらを汐見橋まで連れて来い。どれくらいで着く？」

「上げ潮に乗りますから、暮れ六つ過ぎには着けるかと」

「よし。上がったところでやつらを捕縛する」

「あっしは逃げちまってよろしいので？」

「今回は勘弁してやる」

そういうことで、十四郎と銀蔵は途中、馬に乗ったりしながら急いで横浜から江戸にもどり、深川の汐見橋で待ち伏せた。

「やつらも必死で暴れると思いますぜ」

銀蔵がそう言うと、

「うん。いちおうおいらは桶町千葉《おけちょうちば》で免許皆伝だ」

十四郎は胸を張った。

「というと、北辰一刀流《ほくしんいっとうりゅう》ですかい。それは頼もしい」

とは言ったが、いちおう念のため、このあたりの二か所の番屋に声をかけ、番太郎と町役人に御用提灯と捕物道具を持って、待機してもらっていた。

なるほど、あの船頭の言ったとおり、暮れ六つ過ぎにやって来た。

舟を降りたのを見計らい、

「おい、梶右衛門。留」

十四郎が前に出た。

「えっ」

「万五郎殺しで捕縛する。観念いたせ」

「そうはいくか」

二人はパッと両脇に飛び、懐から匕首《あいくち》を取り出した。

「てめえら、幼なじみの万五郎をなんだって殺しちまったんだ?」

銀蔵が訊《き》いた。

「なにが幼なじみだ。あの野郎、それをいいことに、せっかくアメリカの船から手に入れてやったマグロなのに、素人《しろうと》がヅケになんかしなくていい、丸ごと持って来いと文句を言って、サクのほとんどを突っ返して寄越《よこ》したんだ。寿司名人だかなんだか知らねえが、でかい面しやがって。それでこっちもカッとなって、ぶっ殺したのさ」

「カッとなるのはわかるが、殺すまではやり過ぎだったな」

銀蔵は十手を構えながら、梶右衛門のほうに回り込んだ。チラリと十四郎の動きを見ると、なかなかたいしたものだった。

「とあっ」

ためらいもなく、打って出た。

峰を返した刀で、梶右衛門の腕を叩《たた》き、その流れのまま、留の胴を打った。

「ううっ」

逃げようとした梶右衛門に、もう一太刀入れる。今度は首を叩かれ、梶右衛門は気を失った。あれだと、目を覚ましても、しばらくは訊問《じんもん》にならないかもしれない。

――お父上なら、腕だけでやめていたでしょうね。

とは思ったが、銀蔵はそれを言うのは我慢したのだった。

第三話　海苔《のり》で人が殺せるか

一

「おいらは、魚のことをもっと知らないと駄目だな」

銀蔵といっしょに歩きながら、谷崎十四郎は悔しそうな顔をしてそう言った。うつむいたりすると、五歳ほど若く見える。おやじだって、もう少し世間のことを知ってから、跡を継がせたかったはずである。

「おや、なんでまた？」

「この半月ほどで、町人の暮らしのいろんなところで、魚が関わっていると実感したんだ。食いものということだけでなく、それを飯のタネにしている者がいっぱいいるし、しかも魚についていろんなことがわかれば、野菜のことも、穀物のこともわかってくるはずなんだ」

「そんなことまで考えたんですか。そりゃあ、たいしたもんです。あっしなんざ、もともと飯のタネだったんで、自然に身についただけでしてね。でも十四郎さんがそうおっしゃるなら、今日は銀太に魚についていろいろ話をさせながら、一通り握らせますよ」

「そりゃあ、嬉《うれ》しいな。もちろん、代金は払わせてもらうよ」

「なにをおっしゃいます」

「いや、それは父上から厳しく言われてるんだ」

「そうですか。じゃあ、いくらかおまけをするってことで」

と、銀寿司にやって来ると、

「あ、おやじ。いいところに来た」

銀蔵の顔を見るなり、銀太が言った。

「なんだ、いまから芸者でもあげるのか？」

「なに言ってんだよ。〈川本川《かわもとがわ》〉の旦那《だんな》が亡くなったんだ」

「川本川の……」

室町《むろまち》にある老舗《しにせ》の海苔《のり》問屋である。

老舗だが、いまあるような大店《おおだな》にしたのは、当代のあるじ清右衛門《せいえもん》の功績で、隣にあった店を買い取って、間口を四間広げ、蔵を二つ増やした。いまや、川本川の海苔は天下一品と評判で、江戸じゅうのすし屋が、ここの海苔でなきゃダメだというほどである。もちろん銀寿司も、ここの海苔を使っている。

「二、三日前に道で会ったが、元気だったぞ」

「そうなんだ。餅《もち》を喉《のど》に詰まらせて、急に亡くなったんだってさ」

「なんてこった」

「今日がお通夜だ。すぐに弔問に行きてえが、店の支度があるんで、とりあえず銀次に行ってもらうかと思っていたんだが」

「わかった。おれが行ってくる。おめえたちは、店がひけてからにしろ」

銀蔵はそう言って、

「十四郎さん。そういうわけで、ちょっと顔を出してきますので」

「うん。もちろんだ。行ってくるといい」

「銀太。今日は十四郎さんに魚の講釈をしながら、一通り握ってやってくれ」

「わかった。さあ、どうぞ、谷崎さま」

十四郎がなかに入るのを見届けて、銀蔵は室町一丁目の川本川に向かった。

その手前、日本橋のたもとで、この前会ったばかりの、華屋与兵衛に出くわした。

「おっと銀蔵さん。弔問ですか?」

あいかわらずつるつるの坊主頭で、寺から駆けつけた僧侶《そうりょ》みたいである。

「ああ、いま、せがれに聞いてね。驚いたよ」

「あたしも弟子が買い付けに来たところで聞いたというんで、慌てて駆けつけて来たんですよ。驚きましたよ」

「餅がつかえたんだってな」

「みたいです。それだと、こないだみたいに、あっしを疑うことはできねえでしょう」

「まったくだ」

店の前に来た。表戸はすでに閉じられ、忌中の貼り紙が出ている。

そこで、一足先に来ていたらしい安宅松ずしのあるじと会った。

「お、与兵衛ずしと銀寿司かい。あんたたちに遅れを取らねえでよかったぜ」

松ずしの当代のあるじの梅蔵《うめぞう》は、三人のなかではいちばん歳上で、六十半ばになっている。

なかはずいぶん混み合っているらしく、外で順番を待つことにした。

「江戸じゅうのすし屋が来たら大変なことになるな」

と、梅蔵が言った。

「まあ、買いたくても買えねえのがほとんどだが、ざっと百軒を超すすし屋のあるじが来るでしょうね。今後もわけてくださいということでね」

与兵衛が皮肉めいた口調で言った。

「百軒も？　江戸に、そんなにすし屋があるか？」

「なに言ってんですか松ずしさん。あっしが訊《き》いたところでは、八百はあるという話ですぜ」

「そんなに！」

与兵衛が言ったとおりで、江戸の町の食いもの屋というと、そば屋を思い浮かべるが、そのそば屋の数は幕末ごろはおよそ七百軒くらいとされる。だが、ペルリが来た嘉永《かえい》六年（一八五三）には、すでにすし屋の数がそば屋を上回っていた。

「それにしても惜しい人を亡くしたよ」

銀蔵がそう言うと、

「いくつだった？」

梅蔵が訊いた。

「去年が、還暦だったはずです」

「なんだよ、まだまだ生きられたのに、まさか餅を喉に詰まらせるとはなあ」

そんな話をしていると、前の組がどっと出て来たので、銀蔵たちはなかへ入った。

喪主で若旦那の全二郎《ぜんじろう》が、弔問客に挨拶《あいさつ》しているのが見えた。

この家は、娘が二人だけで、姉のほうの婿が若旦那になっていた。婿に来たのはそう昔ではない。まだ二年くらいしか経っていないはずである。

焼香の順が回って来た。銀蔵は手を合わせ、喪主の全二郎に悔やみの言葉を述べた。

すると、隣にいたうえの娘のおさきが、

「銀蔵さん。また、親分になられたって、父が喜んでましたよ」

と、声をかけてきた。

「そうですか」

そのやりとりに、若旦那の全二郎が、慌てたように銀蔵から目を逸《そ》らした。

その表情が気になった。

――おいおい、いまのは下手人の顔だぞ。

と、銀蔵は遠い雷鳴を聞いたように、そう思った。

二

下手人の顔。

「そんなものがあるか？　あったら、誰も苦労しねえ」

と言われたことがある。谷崎十三郎ではない。かつての岡っ引きの仲間の一人だった。

だが、ぜったいにある。

と、銀蔵は思っている。怯《おび》えと、後ろめたさと、ずるさと、殺したときに浮かべたはずの顔を混ぜ合わせたような表情。それは、一瞬だが、取り澄ました表情の裏を駆け抜けるのだ。

しかも、銀蔵には思い当たることがある。

ふた月ほど前。

銀蔵は清右衛門の愚痴を聞いていた。

おけいの店で飲みながら、

「銀蔵さんだから言うけどもね、あたしはあの全二郎を跡取りにはしたくないんだよ」

　と、清右衛門はつらそうな顔で言った。

「なんでまた？」

「あれはね、江戸でいちばんうまい海苔《のり》を売ろうという気がないんだよ。そのくせ、うちの海苔の値段はもっと高くてもいいなんてことはぬかしやがる」

「だったら、清右衛門さんの教えを叩《たた》き込んでやりゃあいい」

「それがね、せがれならやれるが、養子となると遠慮が出ちゃうんだねえ」

「そうですかね。おれだったら、養子もせがれも関係ねえ。店を継がせるなら、それくらいやっちまいますぜ」

「それよりは、下の娘のおせつなんだけどね」

「ああ、芝の乾物屋に嫁に行ったんでしょう」

「そう。あれの亭主の元蔵《もとぞう》というのは、なかなかよくできた男なんだよ」

「ほう」

「店自体は大きくはないんだが、しっかりしたものを売っているので、町内にしっかり根付いている。この前、海苔の入れものなどを見てきたら、じつにちゃんとやっていてね」

「清右衛門さんが褒めるのだったら、たいしたもんですね」

「それでね。あれを跡継ぎにしようと思うのさ」

「乾物屋をやってんでしょう？」

「小さな店だから、こっちといっしょにしちまってもいい」

「じゃあ、全二郎さんは？」

「品川に出店をつくって、そっちを任せようかと思うのさ」

「それはもう言ったんですか？」

「いや。まだ言ってない。番頭にもまだだ。銀蔵さんにだけ話したんだよ」

「ううむ」

銀蔵も迂闊《うかつ》なことは言えなかった。だが、もしそれをやると、かなりの波風も立つだろうし、遺恨なども残るだろうと思われた。

——あの話を清右衛門は、全二郎にしたのだろうか？

近くに顔見知りの、この店の番頭がいた。銀蔵はさりげなくそばに近づいて、

「番頭さん。ちっと訊きたいことがあるんだ」

「なんでしょう？」

「旦那《だんな》はどこで亡くなっていたんだい？」

「帳場の裏の四畳半です。ほとんど、旦那が休息するのに使われている部屋ですが」

「ほかに誰かいなかったのか？」

「一人だったです」

「誰が最初に見つけた？」

「若旦那です。おやじさん、どうしたんです？　という声が聞こえて、あたしなどもそっちをのぞきに行ったら、旦那はもう息をしてなくて」

「医者は？」

「呼びました。すぐに浮世小路《うきよしょうじ》の矢沢精庵《やざわせいあん》先生が来て、いろいろ介抱したんですが」

「餅《もち》は出てきたのかい？」

「ええ。精庵先生がどうにか箸《はし》を使って、引っ張り出しました」

「その餅は？」

「その餅といいますと？」

「旦那の喉《のど》に詰まった餅だよ。取ってあるかい？」

「いやあ、ないでしょう」

「捨てちまったのかい？」

「捨てたと思いますよ。そんなものは気にしてなかったので」

「毒だったかもしれねえぜ」

「そんな馬鹿な」

番頭は青くなった。

「誰か片付けた者がいないか、訊《き》いてみてくれ」

「いまですか?」

「早くしねえと、ますますわからなくなるぜ」

「わかりました」

番頭は慌てて、手代や女中に訊いて回った。

しばらくして、番頭はもどって来たが、

「駄目です。誰も覚えてません。もう、旦那のようすに動揺していたので、そんなものはどこかに放《ほう》ってしまったのでしょう」

「餅はあんころ餅かい?」

「いや、磯辺巻きです。旦那はそれが大好きで、餅は磯辺巻きだけです。もちろん、海苔はうちのじゃなきゃ駄目でした」

「そうか。それと、旦那は身代を妹婿のほうに譲るとか言ってなかったかい?」

「妹婿って元蔵さんにですか? いやあ、そんな話は聞いてなかったですよ」

「だったら、いいんだ」

銀蔵はそう言って、若旦那《わかだんな》の全二郎に目をやると、安宅松ずしのあるじの梅蔵の話をうつむいて聞きながら、

「そうですか。おやじはそこまで心配してくれていたんですか」

たもとで目頭を押さえ、泣いているらしい。

「だから、しっかりやらなくちゃいけねえぞ」

「ありがとうございます」

すでに三十近いはずだが、やけに素直そうである。そのようすを見ながら、

——やっぱり怪しい。

と、銀蔵は思った。

三

川本川のお通夜の席を後にして、銀蔵は小網町一丁目の銀寿司にもどって来た。

「すみません、十四郎さん。遅くなっちまって」

「いや、銀太さんに教えてもらいながら、いろいろすしを味わったよ」

「うんちくを聞きながら食うと、ますますうまくなるなあ」

「そうですか」

「どんなうんちくを語ったんだか」

　そこへ最後の海苔巻きが出てきた。

「ああ、おやじさん。もどりましたか。じゃあ、おれも弔問に行ってくるよ」

　と、銀太は言った。客も残っているのは、ふた組ほどである。あとの注文は銀次にまかせても大丈夫だろう。

「うん。そうしてくれ」

　銀太が出て行くのを見送って、

「この海苔巻きもうまいよ」

　と、十四郎は言った。

「海苔巻きはだいたい最後に召し上がってもらうんで、大事なんですよ。終わりよければすべてよしとなりますからね」

「なるほど。でも干瓢《かんぴょう》を酢飯と海苔で巻いただけなのに、よくこれだけうまくできるもんだな」

「そりゃあ、川本川の海苔のおかげもあるんですよ」

「川本川と言ったら、いま弔問に行って来たところだろう？」

「そうなんですがね」

「あそこは問屋だろ？　海苔《のり》をつくっているわけじゃないよな」

「ところが、海苔というのは、それを仕入れる問屋が目利きじゃないと駄目なんですよ。海苔の良し悪しをしっかり見定めて、すし屋などが一年じゅう、いつでも買うことができるようにしてもらわないとね」

「なるほど。でも、海苔の旬ていうのは……」

「年末です。一番海苔が取れるのはね。それから寒いあいだの、せいぜい二月くらいまででしょう。十四郎さん、いい海苔ってのはわかります？」

「うまい海苔、と言いたいけれど、それじゃ答えにならないよな」

「ですよね。見た目で言うと、色が濃くて、艶《つや》があります」

「なるほど」

「食べると、パリッとして、しかも口溶けがいい。それで、香りがよく、味に旨味《うまみ》や深味がありますよね」

「そういうことか。でも、いまは六月だぞ。旬でもないのに、なんでこんなにうまいんだ？」

「それは乾物ですから、旬のときにつくったものを、取っておいたんです。ただし、海苔ってえのは、湿気《しけ》たらいけませんから、それを湿気らせずに保存しておくのも、海苔問屋の工夫ってやつなんです」

「でも、よくも梅雨《つゆ》どきのじめじめした時季を、湿気らせずに乗り切ったもんだね」

「それは茶問屋なども同じでしょうが、あっしが知っている方法だけでも、焙炉《ほいろ》にかけたり、茶を保存するような穀瓶《こくがめ》に入れておいたり、湿気を吸い取る炒《い》り米といっしょに瓶に入れ、渋紙でふさいでおくなんてこともしているみたいです。まあ、ほかにもそれぞれ工夫はあるでしょうが、問屋に訊いたって教えちゃくれませんよ」

「そりゃそうだな」

「それで買ったやつをうちじゃ、軽く炙《あぶ》ります。これでいっそう香りを引き立たせ、パリッとさせるというわけで」

「魚だけでなく、海苔一枚に至るまで、大変な努力がなされてるのか」

十四郎はすっかり感心したらしかった。

「それはそうと、川本川のあるじの件なんですがね。あっしは調べてみたいと思うんですが」

「え？　餅《もち》を喉《のど》に詰まらせたんじゃないのか？」

「いや、それは確かだと思うんですが、あそこの若旦那の顔が気になりましてね」

と、下手人の顔のことを語った。

「下手人の顔？　そんなものがあるんだ」

「ええ。おやじさんにも訊いてみてください。必ずあるとおっしゃるはずです。わかりにくい野郎もいますが、それでも一瞬、下手人の顔をするときがあります。それを見逃さなければいいんですよ」

「凄《すご》いな」

「なあに、十四郎さんもわかるようになりますよ」

「じゃあ、その旦那《だんな》は餅を喉に詰まらせたんじゃないとすると？」

十四郎に訊かれ、銀蔵はしばし考えて言った。

「もしかしたら、首を絞めるようにして、喉に餅を押し込んだかもしれませんぜ」

四

翌朝――。
銀蔵が北町奉行所に行くと、谷崎十四郎はすでに前の広場で待っていて、

「まずは、どうする？」

と、訊《き》いてきた。

「今日は葬式で、それを遠くから見張るつもりです。できるだけ、あの若旦那のようすを確かめます。表情はもちろん、誰か怪しいやつが近づいたりするかもしれませんし」

「そうか。それはおいらも手伝うよ」

「そうですか。じゃあ、同心姿はやめてもらったほうが」

「わかった」

いったん奉行所内に引き返し、隠密同心のために置いてある目立たない柄の着物に一本差しという恰好《かっこう》で現われた。

「十手は置いてきたぞ」

「いいでしょう。なかには入れないと思いますが、庭のあたりからようすを見ていてください。それであっしは、葬儀のときに、最期を看取《みと》った医者の矢沢精庵が来たら、詳しい話を聞いてみます。なんとなく解せねえ感じがあるので」

「そうなのか」

「そのあと、妹夫婦は自分の店にもどるはずです。その途中ででも捕まえて、話を聞こうかなと思います」

「なるほど」

川本川に来た。表口は閉じたままだが、裏口が開けられ、奥の三つの部屋の襖《ふすま》をすべて取り払い、そこで葬儀が行われていた。僧侶《そうりょ》が三人ほど来て、読経《どきょう》をしている。通夜のときのように、喪主に挨拶《あいさつ》する必要もないので、銀蔵はいちばん後ろに座って若旦那《わかだんな》の顔を眺め、どさくさまぎれに焼香をすました。十四郎が、裏口を入ったすぐ横で、近所の者のような顔をして、立っているのが見えた。

しばらくして、医者の矢沢精庵がやって来て、焼香した。

精庵は、歳は五十代の後半。ここらでは有名な医者で、診立てもうまく、蘭方も漢方も学んでいて、頼めば夜中でもすぐ来てくれるというので、地元の信頼も厚い。銀蔵も、昔から知っている。難点は吉原遊びが好きで、大店《おおだな》のあるじはときおり接待をせがまれるのと、行けば必ず朝帰りになることらしい。

その精庵が、焼香を終えてもどろうとしたところで、
と、銀蔵は声をかけた。

「先生」

「おう、銀寿司の親方。あんた、また岡っ引きを始めたんだってな？」

「そういうことでさあ。それで、清右衛門さんなんだけど、餅を喉に詰まらせたのは確かなんですかい？」

「確かだよ。わしは、その餅をやっとのことで引き出したんだから」

「磯辺巻きだったんでしょ？　なにか不自然なところはなかったですかい？」

「不自然なところ？」

「やけにでかかったとか。毒の匂いがしたとか」

「そんなことはないよ。ふつうの磯辺巻きだったよ」

「でも、取り出した餅は見当たらないんですよ」

「そりゃあ、そんな縁起の悪いものは、さっさと捨てちまっただろうよ」

「こういうのは考えられませんかい？　清右衛門を押し倒しておいて、無理やり喉に餅を突っ込んで、窒息死させたってのは？」

「凄いことを考えるな」

精庵は呆《あき》れたように言った。

「いろんなことを考えるのは、先生だって同じはずですぜ」

「そりゃあそうだが、でも、そんなことをしたら、苦しくて暴れるだろうし、そうなったら髷《まげ》が乱れていたり、首や顔に相手の指の跡が残っていたりするだろうよ。

そんなものはまったくなかったよ」

「そうですか」

「しかも、あそこは帳場のすぐ裏だぞ。そんな騒ぎがあったら、店にいた者に聞こえていたはずだ。誰かそういう声や音を聞いたのかい？」

「いや、そういう話はないですね」

「だったら、それはあんたの妄想だろう」

「妄想……」

「あんまり妄想が浮かぶのは、頭の病だぞ。たまには吉原で気晴らしでもどうだい。いつでもお供するよ。うっふっふ」

精庵は笑いながら帰って行った。

五

葬儀が終わると、次は菩提寺《ぼだいじ》である深川の玄福寺《げんぷくじ》へ埋葬することになっていた。

早桶《はやおけ》のご遺体は、舟で運ばれるよう支度が整えられていて、同じ舟には全二郎とおさきの夫婦と、早桶を担いだ手代二人も乗り込んだ。あとの親戚《しんせき》や店の者は、舟ではなく、歩いて向からしい。もっとも、室町から深川の玄福寺までは、さほどの距離ではない。

銀蔵は、ばらばらに進んで行く一行に混じり、妹のほうのおせつに並びかけると、

「おとっつぁんはほんとに残念だったね」

と、声をかけた。

「あら、銀寿司の親方」

「あっしをご存じでしたかい？」

「二度ほど、銀寿司に伺ってます。一度は、おとっつぁんと、もう一度はうちの人と」

おせつはそう言って、前を歩いていた男を見た。

男はやりとりが聞こえていたらしく、

「どうも、元蔵といいます。お見知りおきを」

と、人の良さそうな笑顔を見せた。

「それはどうも、ご贔屓《ひいき》に与《あずか》りまして」

銀蔵は言った。

「おとっつぁんが褒めてましたから、うちの海苔《のり》をいちばんおいしくしてくれているのは銀寿司さんだって」

「どうも恐縮です。それで、つかぬことを伺いたいんですが、若旦那の全二郎さんなんだけど、どういうわけで養子に入ったんですかい？」

「それがねえ、よくわからないんですよ」

　おせつは、屈託ない調子で言った。

「わからない？」

「姉のほうが夢中になって、おとっつぁんに頼み込んだのです」

「前はなにをしてたんです？」

「お侍だったんです」

「侍？」

「それで、侍の身分に未練があるみたいで、ときどき刀が恋しいとか言って、姉はそれを聞くたび、なんかすまないみたいな気持になるみたいです」

「刀が恋しいか。侍と言ったって、それほどの身分じゃないんでしょ」

　銀蔵は遠慮のないことを言った。

「なんでも築地のほうにお屋敷がある青山《あおやま》さまというお旗本のご家来だったみたいです」

「お旗本のな」

直参ではなく、いわゆる陪臣というやつである。その陪臣にせがれが何人もいたりすると、大店の養子などは、ほとんど玉の輿《こし》と言ってもいい話なのだ。

「じゃあ、商売はあまりうまくねえんじゃないですか？」

「………」

おせつは苦笑して答えない。

「じつは、あっしはおとっつぁんから、こういう話を聞いていたんだがな」

と、銀蔵は清右衛門が話したことを伝えた。

「えっ」

「あんたたちは聞いてなかったかい？」

「聞いてなかったです。ただ……」

「どうしたい？」

「近々、お前たちに大事な相談をしたいと言われていたんです。まさか、そのことだったので？」

「たぶんな」

「まあ」

おせつは亭主の元蔵を見た。元蔵は、なにも言わず、わからないというように首を横に振った。

「それにしても、いまどき、磯辺巻きなんか食べるかね」

と、銀蔵はおせつに訊《き》いた。ふつうは正月に食うものだろう。

「いえ。おとっつぁんは昔から餅《もち》が好きで、磯辺巻きもしょっちゅう食べてたんです」

「そうなのか」

「でも、どうしてそんなことをあたしたちに？　なにかあったんですか？」

おせつは心配そうに訊いた。

「いや、なんでもねえ。ただ、おやじさんにはずいぶん世話になったもんでしてね」

と、銀蔵は答えを濁しておいた。

銀蔵は後から来ていた十四郎に目配《めくば》せして、葬儀の一行から離れると、

「寺まで行くのはやめましょう。それより、全二郎の前を探りたいもんですね」

「じゃあ、青山家に行くか？」

「ええ」

「町方が訪ねて行って、なにか訊き込めるのか？」

「まともに屋敷を訪ねても無理でしょう。だが、渡り中間《ちゅうげん》だの、出入りの業者だのがいるはずですから」

というこことで、築地に向かった。

青山家の場所は、万年橋《まんねんばし》近くの辻《つじ》番で訪ねると、すぐにわかった。正門は築地川に面していて、門構えからして相当な格式である。おそらく四、五千石くらいの石高はあるだろう。

門の前の近くにしばらく佇《たたず》んでいると、なかから中間が出て来た。一人のところを見ると、使いかなにかに出たのだろう。

「十四郎さんは、ここでお待ちを」

銀蔵はそう言って、小走りに中間に並びかけた。

「よう、ちっと教えてくれねえかい？」

「ふん」

無視しようとする中間に、

「取っといてくれ」

と、豆板銀を握らせた。こういうところは、あまり十四郎には見せたくない。若いうちは正攻法を学ぶべきだし、おやじさんも同じことを期待しているはずである。

「へえ」

中間は笑みを浮かべた。

「青山さまのところで働いてるんだろ？」

「まあな」

「二年ほど前なんだが、屋敷のなかに、全二郎って人がいたはずなんだ」

「中間で？」

「いや、いちおう侍だ」

「ご家来で全二郎？　もしかして商家の婿に行ったって人かな」

「そうそう。屋敷のなかでは、どんな身分なんだい？」

「あれは、ご用人さまの家来みたいなもんだぜ。やってることは、中間と変わらねえよ」

「そうか。屋敷を出たのは、なにか問題でも起こしたのかね？」

「そうじゃねえだろう。なかの長屋に住んでいたみたいだけど、ずっといるわけにもいかねえし、必死で婿入り先を見つけたんじゃないの」

「なるほど」

「よく町をふらふらしてたみたいだ」

「町を？」

「三原橋あたりでよく見かけたよ。似たような若侍とたむろしていた。水茶屋の娘だの、町娘たちに声をかけたりしてたんじゃねえかな」

「よくいるわな。全二郎の名字はなんていうんだい？」

「八坂《やさか》だよ。おれが話したなんて言わねえだろうな」

「もちろんだ。ありがとよ」

銀蔵は足を止め、築地川に架かる三《さん》ノ橋《はし》を渡って行く中間を見送った。

十四郎のところにもどって、

「どうも三原橋のあたりで、ずいぶんちゃらついていたみたいですぜ。もしかしたら、当時の仲間がまだうろうろしてるかもしれませんよ」

「三原橋のあたりか。あそこらは、水茶屋も多いんだよ」

「十四郎さんも？」

「しょっちゅうは行かないけどな。そりゃあ、たまには」

そう言った顔に、青臭さがにじみ出る。

「あ、そこの水茶屋には以前、可愛い娘がいて、大勢押しかけていたんだ」

「へえ」

「でも、いまは別の娘になってしまったみたいだな」

だが、若い侍が三人ほど、暇そうに煙草をふかしている。着物などを見ても、裕福な家の侍ではない。かつての全二郎もこんなふうだったのだろう。

「ここは、十四郎さんが訊いたほうがいいかもしれませんよ」

「おいらが？」

「以前の全二郎や、あの連中と同じ境遇にいるってことで、さりげなく訊いてみてくれませんか？」

「わかった。やってみるよ」

十四郎は若侍たちの近くに座り、銀蔵は知らない人同士のように離れて座った。

十四郎は煙草は吸わないので、茶を一口飲んでから、

「青山さまのご家来で、大店《おおだな》の旦那《だんな》になった人がいると聞いたんだがな」

と、声をかけた。さりげなくと言っておいたが、それでは単刀直入だろう。

「全二郎のことかな？」

「そうだろう。川本川といったら、立派な大店だ」

「あの野郎は、うまいことやったよな」

訊《たず》ねもしないのに、三人はぺらぺらと話し出した。これは十四郎の怪我の功名と

いうやつだろう。

「青山家の家来と言っても、別に用人なんかじゃねえ。ほとんど小間使いみたいなものので、しかもあいつは次男坊だったから、養子の口を見つけるのに必死だったんだ」

「そうだよ。しかも、あいつは剣術が得意なわけでもないし、学問所にも行ってねえから、たいした養子口が見つかるわけがねえ」

「でも、あいつは見た目が良くて、口がうまかった」

「まったくだ」

確かに全二郎は、目立つほどではないが、端整で、いかにも女受けしそうな、こざっぱりした顔をしていた。

「このまえ、あいつとばったり会ったんだ。冴《さ》えねえ面してたぜ」

「なんで？」

「わからねえけど、たまには昔の仲間に酒をおごるもんだって言ったら、おごってくれたぜ」

「うまいことやったな」

「あいつも酔っ払ってさ。それで、別れ際に、海苔《のり》で人を殺せると思うかって、おれに言ったんだ」

「海苔で人を殺すだと？」

「そんなことできるわけないよな」

「どういうつもりで言ったんだ？」

「わからねえよ」

このやりとりに、十四郎は銀蔵を見て、「凄《すご》い話を聞き出したぞ」という顔をした。

「ところで、あんたは？」

三人はやっと、十四郎のほうを見た。

「ああ、おれは青山さまと縁のある家に仕えているんだけど、いずれ外に出なくちゃならないし、大店の養子なんか狙い目かと思ってね」

「そりゃ、狙い目には違いねえが」

「あんたの家は旗本か？」

「お目見得以下だよ」

と、十四郎は答えた。

「御家人のとこの家来かい。それで大店の養子は無理だな」

「やっぱり？」

「当たり前だろうよ。おれたちのあるじは、皆、旗本だ。それだって、養子口がなくて苦労してるんだ。御家人の陪臣なんか話にならねえ。諦《あきら》めな」

「そうそう。諦めて生きていくんだよ」

「身を捨ててこそ、浮かぶ瀬もあれってな」

「へっへっへ」

三人はへらへらと笑いつづける。そのようすは、頽廃《たいはい》の極みともいえるし、どこかに危うさも感じられた。

六

十四郎が、奉行所の道場で剣術の稽古《けいこ》をするというので、まだ暮れ六つ前だが、尾張町のところで別れた。いちおう北辰一刀流《ほくしんいっとうりゅう》の免許皆伝だが、実戦の経験には乏しい。防具をあまり使わずに稽古をするのだという。

銀寿司は二階ぜんぶを家族の住まいにしているが、前を通り過ぎて、おけいの店に来た。

ポワンがいて、通詞の小田部と三人で、なにやら笑い合っていた。

「楽しそうだな」

銀蔵は羨《うらや》ましい気持ちで言った。

やっぱり、岡っ引きなど引き受けず、隠居だけして、毎日この店で飲んだくれていたら、さぞかし楽しかったのではないか。

「いま、ポワンさんが、面白いこと言ってたの。ポワンさん、最初に日本人が海苔を食べているのを見て、この国の人は紙を食べるのかとびっくりしたんですって」

「え？　お国には海苔がないんですかい？」

「ないみたいです。しかも、真っ黒い紙でしょう。なにか、呪いとか、儀式みたいなものかと思ったそうです」

小田部が答えた。

「そうか。確かに初めて見たら、変な食いものだと思うかもな」

「それで、六郷《ろくごう》の土手のところで、羽田沖のほうに見えているのが、海苔をつくる仕掛けだと教えられて、そこで初めて、海苔が海藻なのかとわかったんだそうです」

「ああ、海苔ヒビがな」

銀蔵と小田部の話をよそに、ポワンは、

「日本ノ食ベモノ、オイシイデス。デモ、フランスノ食ベモノモ、負ケナイクライ、オイシイ。おけいサン、ゼヒ、食ベニ来テクダサイ」

と、おけいに言った。

「食べに来てくださいってフランスに？」

「ソウデスヨ」

「あら、まあ」

おけいの顔が輝いた。

通詞の小田部がなにやら慌てたような顔をした。

「あれは、おけいを嫁にしたいって意味か？」

銀蔵は小声で小田部に訊《き》いた。

「いやあ、どうなんでしょう」

「ポワンさんは嫁はいないのかい？」

「いませんね」

「だったら、嫁に来いってことだろうよ」

「ただ、フランスってとこは、どうも日本とは男と女の付き合い方が違うみたいなんですよね」

「じゃあ、とりあえず妾《めかけ》になれってことか？」

銀蔵はいささか憤慨して訊いた。

「いや、わたしにも、そこらの機微はよくわかりませんよ」

「訊いてみなよ。どういうつもりなのかって」

「いや、そういうことは訊けませんよ。ポワンさんは、偉い軍人ですよ。銀蔵さんだって、お奉行さまに、そういうことは訊けないでしょう」

「なるほどな」

銀蔵と小田部の話はそっちのけで、

「おけいサン、横浜ニ来テクダサイ」

「横浜にねえ」

おけいは笑って首をかしげるばかりだった。

七

翌日——。

銀蔵が奉行所に行くと、十四郎は左腕を晒《さらし》で首から吊《つ》っていた。

「どうしたんで？」

「昨日の稽古で痛めたんだ。実戦を想定して、小手用の防具を使わずにやったせいでさ。ここんとこ、竹刀ではなく、木刀で稽古をしていたから、撃たれると、怪我するんだよ」

十四郎なりに、必死なのだろう。

「折れたのですか?」

「折れてはいない。でも、かなり腫《は》れて、痛みもある」

「じゃあ、ヒビでも入ったんでしょう。今日はおとなしくしといたほうがいいですよ」

「歩くくらいは平気だろう」

「いや、こういうときは安静にして、早く治してください」

「銀蔵はどうする?」

「ちっと品川の海苔漁の漁師のところで話を聞き込んできます。あの若侍たちが言っていた、海苔で人を殺すって話が気になりますので」

それと、喉《のど》に餅《もち》が詰まった死因とどうつながるのか。海苔漁師の話になにか手がかりがあるかもしれない。

「そうか。じゃあ、今日はここでずっと腕を冷やしておくので、もどったら話を聞かせてくれ」

というわけで、銀蔵は品川に向かった。

品川は東海道《とうかいどう》で一番目の宿場町である。

宿屋が立ち並ぶ裏手は、波打ち際になっている。海は遠浅で、海苔《のり》ヒビを並べることができ、昔から海苔漁が盛んだった。ただ、ペルリの来航のとき、洲崎《すざき》のあたりには砲台を置くための台場がつくられ、

「漁場が変わっちまって」

という愚痴も聞いたことがある。

その海苔漁も、いまは時季ではないので、漁師たちはもっぱらアジやイカなどを獲って、干物をつくっていた。

銀蔵は浜の桟橋を進み、何人かに声をかけるうち、

「ああ、うちは川本川に海苔を納めてますぜ」

と、誇らしげな漁師を見つけた。

「旦那《だんな》は亡くなったぜ」

「ええ。聞きました。昨日、海に出ていて、もどってから聞いたのですが、葬儀は終わったというので、初七日には線香をあげに行こうかと思ってます」

「でも、けっこううるさい旦那だったんだろう？」

「うるさくはありましたが、いい海苔ができたときは、ほかよりも高値で買い上げてくれましたし。いろいろ教えてくれることも多かったですしね」

「そうだったのか」

「また、あの旦那は乗せるのがうまいんですよ。あっしに、海苔の神さまになれとか言うんですから。海苔をつくる人、売る人、食べる人が皆、お前を拝みたくなるような海苔をつくれ、お前ならできるとかね。こっちも張り切ってしまって、どこに海苔ヒビを立てるのがいいかとか、時季はいつがいいかとか、いろいろ考えちゃいますよ」

「なるほどな。だが、若旦那《わかだんな》のほうはどうだった？」

「ああ。若旦那ね」

見る見る表情が曇った。

「たまには顔を出しにきたんだろう？」

「婿に入ったばかりのころはね。でも、近ごろは、さっぱり顔を出しにきませんね」

「なんでだ？」

「知りませんよ。あの人は海苔の良し悪しなんてことより、いかに高く売るかということのほうが大事だったんじゃねえですか」

「そうだな。だが、品川に来なくなるというと……」

海苔の調達はしなければならないのである。

となると、どこか独自の漁場を見つけたのかもしれない。

――そういえば……。

ポワンが、羽田《はねだ》沖で海苔ヒビを見たと言っていたことを思い出した。

そこで銀蔵は、品川から先、大森《おおもり》から羽田あたりまで足を伸ばしてみた。

大森では、川本川に海苔を納めている漁師は見つからなかったが、羽田の漁師が、

「ああ、川本川の若旦那ね」

と、うんざりしたような顔をした。

「よく来ていたのか？」

「ええ、海苔漁も終わるころでしたよ。なんだかんだと、訳のわからねえことを言う人でね」

「訳のわからねえことと？」

「海苔に寒天を混ぜ込んでつくってくれねえかというんですよ」

「なんのために？」

「量を増やして安くするためなんじゃねえですか」

「うまいのか？」

「まずいってほどではねえですが」

寒天なら、まずくはならないだろう。

「だが、硬いんじゃねえか？」

「硬くてもいいと言うんですよ」

「いっぱいつくれと言ったのか？」

「試しというんで、三帖《じょう》ほどつくりましたかね」

「その海苔はもうないのかい？」

「もっとつくってもらうことになるというんで、まだ、ありますよ」

「持って来てくれ」

「これですが」

見た目はさほど変わらない。むしろ、艶《つや》がある。というか、あり過ぎる。千切ろうとすると、わずかに引っかかる感じがする。それでも、千切ったやつを口に入れてみる。

「どうです？」

「海苔には違いねえが」

銀寿司ではぜったいに使わない。

――そうか、これは清右衛門さんに食わせるためにつくらせたのか。

これで餅をくるんで食わせたんだ。

この海苔は売りものになりませんかとか言って。

清右衛門は、当然、文句を言おうとしてただろうが、その前に、喉に詰まらせてしまったのだろう。

「残りを売ってくれねえか」

「それはありがたいです。つくらせといて、取りに来ねえので、茶漬け用にでもして、売ろうかなと考えていたんですよ」

銀蔵はこれを竹筒に入れてもらい、急いで江戸に引き返した。

八

その足で北町奉行所に行くと、十四郎はもう晒《さらし》で吊《つ》ったりしていない。

「もう、いいんですか？」

「大丈夫。ずっと冷やしていたら腫《は》れは引いたし、痛みもさほどでもなくなったよ」

見ると、確かに赤黒い痣《あざ》はできているが、腫れはずいぶん引いている。満腹だったのが、空腹になったくらいに思えてしまう。

「やっぱり若いんですね」

銀蔵も呆《あき》れるしかない。

「それで、なにか収穫はあったかい？」

「ありましたよ」

と、銀蔵は寒天入りの海苔のことを話し、

「野郎は、これを使ったんです。やっぱり殺したんですよ」

と、竹筒から一枚取り出した。

「毒はないよな？」

「それは大丈夫です」

十四郎は、千切って口にして、

「おいらにはよくわからねえ。これで、そんなにうまくやれるかな」

「こういうときは試すのがいちばんです」

「ここで？」

「いや、ここで旦那《だんな》方にみっともねえところを見せるのもね」

「銀寿司でやるか？」

「せがれたちにもあんまり見せたくねえんで、おけいの店でやりましょう」

「じゃあ、行こう」

途中、かき餅《もち》を売る店で、搗《つ》きたての餅を売ってもらった。まだ、柔らかいので、焼かなくても大丈夫そうである。

おけいの店に行くと、ちょうど開けたばかりだった。

おけいはちょっと疲れた顔で、自分で淹《い》れた茶を飲んでいるところだった。二年前に三十になったと言っていた。「気苦労がたまっているの」と、こぼしたこともある。気楽にやっているようで、やはり悩みはあるのだろう。

「すまねえが、試したいことがあってな」

と、銀蔵は言った。

「なんです？」

「いまから、磯辺巻きを食うんだ」

「磯辺巻きを？」

おけいは怪訝《けげん》そうな顔をしている。

「これを食うと、喉《のど》に詰まるかもしれねえ。もし詰まったら、水を飲ませて、背中を叩《たた》いてみてくれ。それでも駄目なら、逆さにして吊るしてくれていい。紐《ひも》はこれを使って」

と、捕物用の紐を縁台に置いた。もしかしたら、万が一のときは、おけいに介抱してもらいたかったのか、と銀蔵は思った。

「できませんよ、そんなこと」

「吊るすのは十四郎さんにやってもらうよ」

「わかったよ」

と、十四郎は吊るし役を引き受けた。

「じゃあ、やるぜ」

「…………」

おけいと十四郎は、黙って見守っている。

銀蔵は磯辺巻きの半分ほどを口に入れ、詰まりやすいように、適当に二口三口嚙《か》んでから、ごくりと飲み込んだ。

「うぐっ」

案の定、詰まった。海苔《のり》でくるまれているので、柔らかさは感じない。間違って自分のこぶしでも飲み込んだみたいな感触である。

「うぐうぐ」

やはりこれは引っかかる。年寄りはなおさらだろう。慌てて水を飲むが、詰まっているから、そうそうは飲めない。それでも、飲まないとこのまま動かなくなってしまいそうである。

十四郎が背中を痛いくらい強く叩いている。

「むふっ、むふっ」

出そうとしても、なかなか出ない。出したほうがいいのか、無理に飲み込んだほうがいいのか、餅も迷っているみたいである。

「銀蔵さん。跳んで、跳んで。水飲みながら跳んで」

おけいに言われるまま、水を飲みながら、土間でとんとんと跳んだ。

凄《すご》い塊がずるっと喉から胃に落ちていったのがわかった。喉から赤ん坊を産むときは、こんな感じなのか。

「はあ、助かった」

「やだ、もう、銀蔵さん」

呆れているおけいをよそに、銀蔵はしてやったりという調子で言った。

「やっぱり、この海苔は年寄りを殺すことができますぜ」

「じゃあ、全二郎を引っ張るのか？」

十四郎が訊《き》いた。

「いや、駄目でしょう。これだけじゃ弱いんです。死んだのは、たまたまだったとも言えるでしょう。海苔が硬いからといって、年寄りが必ず喉に詰まらせるわけじゃないですからね。小さく嚙んで口に入れ、よく嚙めば、こんなことにはならないでしょう」

「それはそうか」

「でも、殺そうとしたのは間違いないんです。もしかしたら、ちょっと詰まったところで、口をふさぐくらいはやったかもしれません」

「だったら、ぶち込んでおいて、白状させようか？」

十四郎は乱暴なことを言った。

「おやじさんもあっしも、それはやらなかったんですよ。気の弱いのは、やってもいねえことをやったと言ったりするんでね」

「では、どうする？」

十四郎は銀蔵を見た。

「もういっぺん、なんかやらせましょうか？」

「なんか？」

「おやじさんも得意の手でしたよ。引っかけるんです」

「どうやって？」

「遺書があったんです」

「あったのか？」

「あったことにするんです」

「どうやって？」

「いまからじゃ遅いので、明日《あした》にでも、あっしが伝えてみますよ」

九

翌日――。

銀蔵は十四郎と打ち合わせたあと、一人で室町の川本川に顔を出した。

「若旦那《わかだんな》にお会いしたいんだが」

まだ、正式に当主としてお披露目はしていないが、すでに実質は旦那と言ってもおかしくはない。

「ああ、銀寿司の親方でしたか」

いままでよりずいぶん愛想のいい顔で現われた。

「ちっと、全二郎さんのお耳に入れといたほうがいいかと思いましてね」

「なんです?」

銀蔵は周囲を見回してから小声になって、

「じつは、亡くなる十日前くらいに、清右衛門さんから、こんな話を聞いていたんですよ」

「おやじから?」

「ええ。おやじさんは、どうも全二郎さんには品川に新しくつくる出店のほうをまかせ、江戸土産としていっぱい売らせることにして、本店のほうはおせつさんの婿である元蔵さんにまかせたいとおっしゃったんです」

「なんてことを……」

「全二郎さんは聞いてなかったですか?」

聞いていたに違いないのだが、

「聞いてませんよ、そんなことは」

と、怒ったように言った。

「じゃあ、遺書のことは?」

「遺書ってなんです？」

「書いてたんですよ。あっしも見せてもらいましたよ」

「…………」

全二郎は青ざめている。

「見てないでしょ？」

「ないですよ」

「清右衛門さんが親しくしていた播州《ばんしゅう》屋の隠居の弥左衛門《やざえもん》さん、ほら、瀬戸物町《せともとのちょう》の番屋で町役人もしている……」

親しくしていたのは、嘘ではない。二人連れ立って、よく銀寿司にも来ていた。

「ああ、知ってますよ」

「あの人に預けて、番屋に保管しておいてもらってるらしいですぜ」

「そうなんですか……」

「ただ、播州屋のご隠居はいま、具合を悪くして、町役人の仕事も怠りがちなんですよ。だから、番屋には出て来てませんが、近々来て、その遺書もご開帳てことになるでしょうね」

すでに播州屋の隠居には、事情を説明し、もしも全二郎が訪ねて行っても、具合が悪いので会えないことになっている。

「………」

全二郎の目が遠い山並みを見るように泳いでいる。どうしたらいいか、わからず、ひたすら周章狼狽《しゅうしょうろうばい》しているのだ。

「うちの店も、この先ずっと川本川さんの海苔をわけてもらいてえので、お伝えしたんですがね。早いとこ、元蔵と話し合いでもなさったほうがよろしいのでは？」

銀蔵は、いかにも卑屈そうに言った。

むろん、全二郎が元蔵と話し合いなどするはずがない。

十

この晩——。

銀蔵は瀬戸物町の番屋に泊まり込んだ。十四郎も泊まると言ったが、ここは狭いので、番太郎と当番の町役人のほか、一人分がやっとである。

結局、十四郎はすぐ近くの伊勢町《いせちょう》の番屋に泊まりこむことになった。こっちで騒ぎがあれば、聞こえるし、すぐに駆けつけられる距離である。

真夜中の子《ね》の刻ごろ——。

ひたひたという足音が、番屋の前で止まった。

番太郎と当番の町役人には、ここが襲われるかもしれないとは伝えておいたが、心張棒もかけたので安心したらしく、すでに寝入ってしまっている。

銀蔵は、戸をこじ開けて入ってくるかと十手を摑《つか》んで身を硬くしたが、なかなか入って来ない。

なにをしてやがると思っていたら、
カチッ、カチッ。

と音がした。

——しまった。

火をつけたのだ。そうか。奪う必要なんかないのか。遺書は消えてなくなればいいだけで、燃やしちまうのがいちばん手っ取り早い方法だろう。

銀蔵は慌てて外に飛び出した。戸口のところで藁束《わらたば》が燃えていた。油にでも浸していたらしく、凄《すさ》まじい勢いである。

「火事だ、火事だ！」

大声で喚《わめ》いた。番太郎と町役人が飛び出して来たのはもちろん、周囲の家でもがたがたと窓が開く音がした。

周囲を見ると、逃げていく影がある。

「待ちやがれ」

火を消すのは、番屋の者にまかせて、銀蔵は後を追った。

影は角を曲がって、魚河岸《うおがし》のほうに逃げて行く。月はだいぶ欠けているが、中天にあり、まっすぐ落ちてくる明かりで、影の行方は確かめられる。

銀蔵の息が切れる。かつては一里くらい追いかけても、息など切れなかった。二十年の歳月は、吐く息吸う息にまで積み重なっている。

この先は魚河岸である。

夜釣りからもどった舟もあるはずである。

影の速度が落ちてきた。魚河岸の地理には詳しくないらしい。

どうも後ろ姿からすると、全二郎ではなさそうである。

尻《しり》をはしょっているが、刀を一本差しているみたいに見える。

——侍なのか？

魚河岸の手前で、影が立ち止まり、振り向いた。

銀蔵はいっきに間を詰める。

「あ」

顔に見覚えがあった。この前、十四郎が築地で話を聞いた若い侍のうちの一人である。

「そうか、全二郎に頼まれたのか」

若侍は、それには答えず、

「死ねや」

刀を抜き放つと、銀蔵に向かって突進してきた。

銀蔵も両手で十手を刀のように構え、斬りかかってきたのを受けた。刃《やいば》は十手の鉤《かぎ》にはまって火花を飛ばした。

銀蔵はこれをひねるようにしながら身体をぶつける。相手は、刀を引き抜こうとするが、銀蔵の指が相手の指を摑んで、思い切り反り返らせた。指先が器用で、さらに鍛え上げた銀蔵にしかできない、独特の荒技である。

「痛《い》ててて」

ボキッ。

と、音がした。指が折れたのだ。

相手は逃れようとした弾みで、刀も十手から抜けた。

「この野郎」

相手は正眼に構え直そうとしたが、右指の痛みで、力が入っていないのがわかる。

そこへ、十四郎が駆けつけて来た。

「銀蔵、大丈夫か」

「ええ」

「わたしが相手だ」

十四郎は刀を抜き、右の八相《はっそう》に構えて接近すると、

「糞《くそ》っ」

自棄《やけ》になって斬りかかってきた相手の刀を受けたが、相手はぽろりと刀を落とした。十四郎は、銀蔵に指を折られていたことなど知らないから、あまりの呆気《あっけ》なさに、

「え？」

呆《あき》れたような顔をした。これで実戦の自信をつけられても困ってしまう。

銀蔵はすぐに、若侍を後ろ手に縛り上げ、

「誰に頼まれたか、正直に証言してくれますね？」

と、訊《き》いた。

「仕方あるまい」

若侍は不貞腐《ふてくさ》れて言った。

「銀蔵、どうするんだ？　こいつは武士だぞ」

十四郎が小声で訊いた。

陪臣とはいえ、武士である。町方が裁くわけにはいかないと、十四郎は言いたいのだ。

「いいんです。とりあえず大番屋に入れましょう」

現行犯の場合は、町方であっても、武士を捕縛してかまわない。

「それで、十四郎さんにご相談なんですよ」

「相談？」

「川本川のあるじということで、全二郎を捕まえると、川本川をつぶすことになるかもしれません」

「だが、それは……」

致し方ないだろうと言いたげである。

「一日、待ってもらえませんか。妹の亭主に跡を継がせ、全二郎は芝につくった出店のあるじということでふん縛ることができれば、室町の店はつぶさずに済むと思われますので」

いまから、妹のおせつの夫婦や、川本川の番頭と会って、話をつけるつもりである。そのあいだ、全二郎は縛り上げておいてもかまわない。

「あのうまい海苔《のり》巻《ま》きを、江戸っ子は食べられるということか」

「そうなんです。江戸のすしのためにも」

うまいすしは、江戸っ子の活力の元になる。

十四郎はしばし考え、

「おやじもそうしたかな？」

「もちろんです」

「わかった。そうしよう」

うなずいた十四郎の顔には、父親に負けたくないという気概が見え隠れしていた。

第四話　ヘソを抜かれたアナゴ

一

銀蔵は、夜五つ半（九時）になってから谷崎十三郎を見舞った。十四郎から、夏風邪をひいて寝込んでいると聞いたのだ。昨日はだいぶ熱があって、食欲も落ちているらしい。

そこで、銀寿司ではもっぱら女の客に「口直し」と言って出している豆かんを手土産にすることにした。さっぱりしていて食欲のないときでも食べやすいし、赤エンドウ豆を使っているので、ある程度、滋養もある。

十四郎は、今夜は宿直に当たっているので、一人で家を訪ねた。

谷崎の家は、町方の与力や同心の役宅が並ぶ八丁堀の、ちょうど真ん中あたり。通りをはさんだ向かい側は、水谷町《みずたにちょう》という町人地になっている。与力や同心たちの家では、敷地の前に貸家を建てて、店賃《たなちん》を取っているところも多いが、谷崎家ではそれをしていない。玄関の前には、梅や柿や栗など、もっぱら実のなる樹木が植えられ、それで食費のいくらかを補っていると聞いたことがある。

「あら、銀蔵さん」

谷崎の新造が、笑顔で迎えてくれた。長身の谷崎と釣り合うくらい、上背があるが、いつも穏やかで、銀蔵のような町人にも気さくに接してくれる。

「どうも、ご無沙汰《ぶさた》いたしまして」

「また十手を預かってくれたって、うちの人は喜んでましたよ」

「旦那《だんな》がお風邪を召したと聞いて、見舞いの品をお届けに来たのですが、どうです、具合のほうは？」

「熱はひいたみたいです。でも、以前は風邪くらいで寝つくなんてことはなかったのですが、やはり身体が弱っているためか、きついみたいです」

「いやあ、歳のせいもあるんですよ。あっしもそうですぜ」

「でも、自分では、かなり病は進んでいると思っているみたいで」

「医者の診断なんですか？」

「医者には一度かかったきりなんですが」

「どこの医者に？」

「なんでも室町浮世小路のいい町医者に診てもらったらしいんです」

「ああ、そりゃあ矢沢精庵さんですよ」

精庵だったら、今度、じっさいのところを訊《き》いてみたい。

「銀蔵が来てるのか？」

奥から十三郎の声がした。

「いや、つまらねえ見舞いの品を届けに来ただけですので、どうぞ、寝ていてください」

銀蔵は玄関先で返事をした。

「そうか。うつすといけねえから、上がらなくていいよ」

「ゆっくりお休みください」

そう言って、引き上げようとすると、

「話したいことがあるので、近いうちにまた来てくれ」

と、十三郎は言った。

「わかりました」

おそらく、十四郎のようすが訊きたいのだろうし、くれぐれもよろしく頼むとでも言いたいのだ。十三郎の親心は銀蔵にもよくわかるし、死が迫っていることを思うと、どうにも切ない気持ちになってしまった。

その帰り道――。

江戸橋から荒布橋に差しかかったとき、向こうから若い娘が駆けて来た。

娘の顔に見覚えがあった。格別、美人ではないが、ぽっちゃりして、いかにも愛らしい。駆けていても、子どもが投げた鞠《まり》がはずんでいるみたいである。

――あれは確か、〈長生楼《ちょうせいろう》〉の女中……。

この前、魚河岸《うおがし》の重鎮二人と会食をしたとき、その部屋でいろいろ世話をしてくれたのが、あの娘だった。気も利いたし、愛嬌《あいきょう》のある応対だったので、よく覚えていた。名前はなんといったか。

だが、今夜はあのときとは違う。なんだか切羽詰まったような、怯《おび》えているとも、怒っているとも取れるような、妙な顔をしている。

「よう、なんかあったか?」

銀蔵は声をかけた。

だが、女中はなにも答えず、駆けて行ってしまった。

――どうかしたのか?

ふと心配になって、一瞬、追いかけようかと思ったが、若い娘の気持ちはわから

ない。しつこくなにか訊こうものなら、

「変なおやじが！　助けて！」

などと叫ばれかねない。

物騒なことがあったなら、すぐそっちの小網町の番屋に駆け込んでいるはずだから、岡っ引きが気にするようなことではないのだろう。もしかしたら、惚《ほ》れている男にひどいことでも言われ、泣くかわりに走ったりしているのかもしれない。

——まあ、いいか。

銀蔵はそのまま、すし屋〈銀寿司〉を兼ねる家に、帰ってしまった。

二

翌朝——。

銀蔵がちょうど北町奉行所に向かおうと家を出たときである。江戸橋のほうから谷崎十四郎が足早にやって来て、

「銀蔵、大ごとだぞ」

「どうしたんで？」

「箱崎町《はこざき》の料亭で、長生楼ってとこを知ってるか？」

昨夜、そこの女中とすれ違った。しかも、ひどく切羽詰まったようすだった。なにか大ごとがあったなら、それと関わっていたと考えられなくもない。

だが、そのことは言わないことにした。いままで見てきたところでは、十四郎にはどうも早合点のところがある。最初から当たりをつけてしまうと、調べはとんでもないところへ行ってしまうかもしれないのだ。

「ええ。何度か行ったことがありますが」

「そのあるじと女将《おかみ》、それから住み込みの板前の三人が殺された」

「なんですって」

急いで現場に向かった。

箱崎町というのは、昔、大川にできた三角州が整地された霊岸島の、三角の先端に近いあたりの町である。道を挟んだ向かい側には、大名家の中屋敷や下屋敷が並んで、川に囲まれた、静かな一帯になっている。

料亭長生楼は、裏手の大川の支流や、その向こうの姫路《ひめじ》藩酒井《さかい》侯の巨大な中屋敷の緑を上手に借景にして、なかなか見応《みごた》えのある庭を持っていた。銀蔵はこの前も、植栽の配置などにずいぶん感心したものだった。

料理のほうは、ウナギ、アナゴ、ハモといった長いものばかりを使い――それが長生き料理の長生楼という売りなのだが――、それぞれの素材をうまく生かして、すし屋には出せない、趣向に溢《あふ》れた献立になっていた。

店の前には、すでに奉行所から来た中間《ちゅうげん》が立ち、誰も立ち入れないようにしてある。その中間は、十四郎と銀蔵が来ると、

「検死役の市川さまもお見えになりました」

と、告げた。

玄関から上がると、左手の帳場の後ろで、女将が殺されていた。仰向《あおむ》けに倒れていて、胸のあたりには血が染みていた。

廊下を挟んで、いくつもある客間の一つ、菊の間では、あるじの勘右衛門《かんえもん》が倒れていた。こっちはうつぶせだが、胸のあたりに血が広がっていて、やはり胸を刺されたに違いない。

「もう一人いるんだよな」

十四郎はそう言って、足早に料亭の中を見て回った。

蘭《らん》の間という部屋には、使用人らしい男が二人と女が二人、愕然《がくぜん》とした面持ちで座っていた。

「あっしは板長をしている弥助《やすけ》といいます。通いで来てるんですが、朝、来たら、このありさまだったので、すぐに番屋に駆け込んだのです。ほかのも、皆、通いです」

と、弥助は、ほかの三人を紹介するように言った。

「お前たちは?」

「殺された板前は?」

「喜作《きさく》といって、住み込みだったのですが、向こうの部屋で殺されています」

弥助が指差したほうに行くと、台所の裏手に小さな部屋があって、そこで市川一勘が、遺体の検分をしているところだった。

「どうです?」

十四郎が訊いた。

「かなり刃物に慣れたやつだよな」

「やくざですか?」

「かもな。それか、よほど気を許していたかだ」

「なるほど」

「刃物は刀か、長めの刺身包丁か。こっちの若いやつは、立ち向かおうとしたのか、いったん顔を斬られ、振り向いて逃げようとしたところを後ろから刺されたみたいだな」

「ははあ」

ひどい死にざまに、十四郎は眉《まゆ》を寄せ、さらに顔をそむけたりもした。

「市川さん。殺されたのは、いつぐらいかわかりますか？」

銀蔵が訊《き》いた。

「けっこう経ってるな。昨夜の、四つ（十時）前くらいじゃねえかな」

「四つ前ですか……」

「さっきここの板長に訊いたら、昨夜は客の上がりが早かったので、四つ前には店を閉めて、皆、家に帰ったそうだ」

「そうですか」

銀蔵が若い女中を見たときは、四つごろになっていたはずである。

「十四郎さん。帳場をよく見といたほうがいいですよ」

と、銀蔵はうながした。

「帳場？」

「金が盗《と》られていねえか、確かめておくべきでしょう」

「そうだな」

倒れている女将をまたいで、奥に入り、部屋を丁寧に見ていく。玄関から見えないところに、かなり重い金箱が置いてあり、なかには小判が二枚に、二朱銀が七枚、それに小銭もいくらか入っていた。

「銀蔵。盗まれたようすはないな」

「そうですね」

となると、恨みによる殺しなのか。

それにしては、殺し方に残虐さは感じられない。

そこへ、市川が連れて来ていたらしい岡っ引きの、耳の松蔵が顔を出して、

「近所の話を訊いてきましたが、誰も悲鳴だの騒ぎ声だのを聞いたのはいませんでした。ただ、隣にかなりの歳の隠居がいて、ちっと惚《ぼ》けが入っているみたいなんで、よくわからねえことを言ってました。もういっぺん、話を訊きにいってもいいかもしれませんぜ」

と、報告した。

さらに、臨時廻《まわ》り同心の桑山八五郎《くわやまはちごろう》が、岡っ引きや中間たちを伴ってやってきて、桑山と市川と十四郎とで、これまでわかったことを報告し合った。むろん、そのやりとりは銀蔵もわきで聞いている。

「では、わしらはとりあえず、この現場の保全を引き受ける。瓦版《かわらばん》屋にも、しばらくはなにも書かせねえほうがいいだろう。だが、調べのほうは、谷崎、お前が中心だぞ」

と、桑山が言った。

「わたしがですか？」

十四郎は意外そうに訊いた。

「自分はまだ見習いだとでも言いてえか。だが、お前はすでに、おやじからいろいろ教わってるだろうが」

「それはそうですが」

「しかも、銀蔵だってついてるんだ。一人前のつもりでやってみろ。もちろん、責任はおいらたちが取る」

桑山がそう言うと、市川もわきでうなずいた。谷崎十三郎の同僚たちは、早くこのせがれを一人前にさせたがっているのだ——と、銀蔵は思った。十三郎の病のことも知っていて、安心させてやりたいのだ。

それから桑山たちは、とりあえずこの店の敷地全体に人を立ち入れなくする作業に取りかかった。

「……………」

十四郎の顔は引きつっている。

「じゃあ、おいらたちはいったん引き上げるぜ。とりあえず、上には報告しておくよ」

市川はそう言って、耳の松蔵といっしょに玄関から出て行った。

三

「これは荷が重いぞ」

市川を見送って、十四郎がつぶやいた。

「大丈夫ですよ。なんとかなるもんです」

「だが、三人だぞ。三人も殺されたんだ」

「同じ屋根の下で、いっしょに殺されたんですから、一人も三人も同じですよ」

「すしでも握るみたいに言うなよ」

「おっと」

銀蔵の胸にぐさっときた。

「そんなふうに聞こえましたか。だったら、あっしが悪い。あっしらが扱うのは、人の死という厳粛なものです」

「そうだよ。だから、どうすりゃいいんだ」

十四郎は、どこから手をつけていいか、わからないといったように、両手を何度も握り締めている。

「まずは、ここの使用人の話を訊きましょうよ」

と、銀蔵は言った。

「銀蔵、お前、頼む」

十四郎はやはり、三人の遺体に圧倒され、頭が混乱している。だが、それは仕方がないだろう。

「わかりました」

と、もう一度、使用人が集まっている蘭の間に行った。

四人は相変わらず愕然《がくぜん》とした面持ちのまま座っている。部屋の前には中間《ちゅうげん》が一人いて、四人が逃げたりしないよう見張っていた。

やはり、銀蔵が昨夜見かけた若い女中はいない。

「ここで働いているのは、あんたたちだけかい？」

と、銀蔵が訊いた。

「いや。あと、通いの女中で、おたつというのがいますが、まだ来てません」

板長の弥助が答えた。

そういえば、銀蔵が以前来たときに、「おたつ」と名乗っていたことを思い出した。

「おたつは、いつも遅いのかい？」

「いいえ。いつもなら、もう来てるはずです」

やはり、昨夜、血相変えて走っていたのは、この殺しと関わりがあるのだ。

「ここの家族はどうしてる？」

銀蔵はさらに訊いた。孔子《こうし》さまのありがたい教えに反して、親を殺す子どもも、この世にはときおり現われるのだ。

「十二の娘と八つのせがれがいますが、両親がかまってやれないので、この近くの家で祖父母に面倒を見てもらっています」

十二の娘と八つのせがれに、あんな殺しはできない。

「もう報《しら》せたのかい？」

「まだですね。報せますか？」

「あんなひでぇ遺体は、見せなくていいだろう。だが、祖父母には報せたほうがいい。それで、一通り検分が終わったら、葬儀屋を呼べばいい」

「誰が報せるので？」

「板長が行くのがいいんじゃねえか」

「わかりました」

弥助は辛《つら》そうな顔で立ち上がり、部屋を出て行った。

銀蔵は、残った三人の名前を訊《き》いた。

若い板前が、長吉《ちょうきち》。

三十代半ばの仲居が、おきみ。

二十代半ばの仲居は、おたま。

ということだった。

すると、十四郎は、突然、なにかに気づいたような顔をして、

「そうだ、銀蔵。三人がどういう順で殺されたのか、それを調べる必要がある。順番によって、殺した目的がわかるかもしれないからな」

と、言った。

「いいところに気がつきましたね」

じつは、銀蔵はもう見当がついている。返り血を浴びた下手人が残した血の跡をたどると、あるじ、女将《おかみ》、若い板前の順で殺されたのがわかるのである。

「ちょっと、見てくるよ」

そう言って、十四郎はまずは帳場のほうへと向かった。

四

銀蔵がとくになにか思いついたわけでもないのに、調理場に入ったのは、習性というものだろう。すし屋ではなくても、食いものを商売にしているところでは、どうしても調理場や台所、用意された食材などが目に入ってしまう。

調理場は、きれいで、よく片付いていた。板長の弥助がちゃんとやっているのがわかる。きれいであれば、本来の味に濁りが混じるのを防ぐことができるし、片付いていれば、料理を待たせずに、早く出すことができる。

土間のほうに、大きな桶《おけ》があり、ウナギが何十匹と泳いでいた。いずれも丸々太ったいいウナギだった。

別の、小ぶりの桶にはアナゴがいた。ウナギほどの数ではないが、まだ生きて動いている。絞めてしばらくすると、身が硬くなる。アナゴは、調理に取りかかるきっかけをつかむのが難しかったりする。

そのアナゴが一匹、桶からまな板のほうに出してあって、斜めに目釘《めくぎ》が打たれていた。

——下手な目釘だぜ。

銀蔵は苦笑した。見習いみたいな板前にやらせたのかもしれない。

——ん？

そのアナゴのヘソが、くり貫《ぬ》かれていた。

——こんな仕込みがあるのか？

一瞬、そうも思ったが、そんなものがあるわけがない。

よく見れば、きれいな仕事ではない。小ぶりの包丁で、えぐるようにして、ヘソだけを抜いたのだろう。目釘を打ったやつのしわざではないか。

——抜いたヘソは？

周囲や足元を捜したが、落ちていない。ウナギの桶にでも放ってしまったら、たちまち食われてしまっただろう。

——アナゴだけか？

ウナギの桶を見るが、ヘソを切られたようなのは見当たらない。

どういうつもりなのか、銀蔵は気になった。

そのアナゴを持って、蘭の間に行き、

「誰か、アナゴになにかしたかい？」

と、声をかけた。

「アナゴになにかって？」

子どもたちがいる祖父母の家からもどっていた板長の弥助が訊き返した。

「ヘソがくり貫かれていたんだ。仕込みじゃねえだろう？」

「親分、そんな仕込みはありませんよ」

弥助は苦笑して言った。

「誰もやってねえのか？」

銀蔵がもう一度訊《たず》ねると、皆、首を横に振った。

「昨夜、仕事が途中だったことは？」

「いいえ。きれいに片付けて帰りましたよ」

「アナゴを桶から出してねえんだな？」

銀蔵はしつこく訊いた。

弥助と長吉は顔を見合わせ、

「出してません」

「じゃあ、今朝、台所に入ったのはいるかい?」

「あっしは、ここに来て、すぐに帳場で女将さんが死んでいるのを見つけ、番屋に報せに行きました。調理場には一度も入ってません」

と、若い板前の長吉が言った。

板前らしい、いなせな感じはまったくしない。包丁よりは、街道筋で馬の手綱をつかんでいるほうが似合いそうである。

「次にあっしが来て、玄関のところで長吉から話を聞いているところに、おきみとおたまがやって来ました。二人は恐ろしくて、遺体も見ていないし、台所や調理場にも行ってないはずです」

弥助がそう言うと、おきみとおたまはうなずいた。

——殺された板前が、下手人でも教えようとしたのか?

とも思った。だが、調理場に血の跡はなかった。あの若い板前は、向こうの部屋にいて、殺されたのだ。

「おたつはまだ来ないみたいだな?」

銀蔵は訊いた。

「おかしいですね。いつもなら、もう来ているはずなんですが」

仲居のおきみが首をかしげて言った。

「おたつの住まいはどこだ？」

「向こうの北新堀町《きたしんぼりちょう》に、うちが女中の住まいとして借りている升蔵《ますぞう》長屋ってところに住んでますよ」

北新堀町では、昨夜走っていた方角とは逆である。北町奉行所の方角ではあるが、奉行所にも来ていない。おたつは、とにかく逃げようとしていたのかもしれない。

と、そこへ、十四郎がやって来て、

「銀蔵。わかったぞ。返り血の跡から察するに、あるじ、女将、若い板前の順で殺されている。しかも、玄関や裏口などにも、こじあけたような跡はない。おそらく下手人は、あるじと顔見知りで、店が終わったあとに客間に通されるような仲だったかもしれないな」

と、言った。

「さすがですね。あっしも同感ですよ」

「そうか」

嬉しそうにうなずいた。

「こっちは、調理場で気になることを見つけましてね」

「調理場で？」

「まあ、見てください」

と、銀蔵は十四郎を調理場へ連れて行った。

玄関のほうから、線香の匂いが漂ってくる。どうやら、弥助があるじの両親に報せたので、線香を持ってやって来たらしく、

「一目だけでも」

「駄目だ。検分が終わってからにしてくれ」

というやりとりも聞こえてきた。

五

調理場に来て、銀蔵はヘソを抜かれたアナゴを十四郎に見せた。

「なにをしたんだ？」

「ヘソをくり貫いたみたいです」

「なんのために？」

「それがわからないんですよ」

「アナゴのヘソをくり貫くのが、そんなに重大なことなのか？」

たいしたことじゃないだろうと、言わんばかりである。だが、すしも人殺しの調べも細部が肝心なのだ。

「ここに隠れていた者が、なにかを告げようとしたのかもしれません」

「隠れていた？」

「じつは、昨夜、ここの女中のおたつとすれ違いましてね」

と、打ち明けた。向こうにいる四人には、聞かせたくなかった。もしも下手人とつながる者がいたら、おたつに危険が迫るかもしれない。

「女中と？」

「なにかあったなら近くの小網町の番屋に駆け込んだはずだからと、後を追ったりはしなかったのです」

「そりゃあ、まずかったな。おたつが下手人かもな」

十四郎は顔をしかめて言った。

「いや、それはないでしょう。もし、殺して逃げるところなら、返り血を相当、浴びていたでしょうし、それにあの殺しっぷりは、若い娘にやれることじゃありません」

「そうか」

「ただ、強張《こわば》った必死の形相だったんです」

あのとき、すぐにこの長生楼に駆けつけていたら、あるいは下手人が立ち去るところに行き合わせたかもしれない。

だが、あのときのおたつの表情は、いろんなふうに取れるものだった。

「じゃあ、おたつは見たんじゃないか。見たんだよ、殺しの現場を」

「十四郎さんもそう思いましたか。あっしも、いま考えると、それかなと思いました」

銀蔵は、十四郎の思い付きを褒めるような言い方をした。すしの修業もそうだったが、叱るだけではうまくならない。褒めることも大事なのだ。

「それで、アナゴを使って、なにかを報せようとしたのか？」

「そうかもしれませんよ」

「ハマグリとシジミのときみたいだな」

「もっと奇妙ですがね」

「だが、おたつはなぜ逃げたんだろうな。なんで番屋とか奉行所に駆け込まなかったんだ？」

「そこも不思議なんですよ。まずは、おたつの住まいに行ってみましょう」

「ああ。殺されていたりするんじゃないか」

二人は、そこからすぐの北新堀町の升蔵長屋に向かった。

大家の升蔵に訊《き》くと、おたつの住まいは、右手の奥から二軒めの家だという。四畳半に三畳ほどの台所がついている。ここには、おたつだけでなく女中がもう一人住んでいたが、その一人が辞めて長屋を出たばかりで、とりあえずおたつが一人で使っていたという。

「きれいなもんですね」

「ああ、よく片付いてるな」

棚には書物が何冊か置いてある。絵草紙の類《たぐい》ではない。どうやら易学についての書物らしい。おたつというのは、頭がよくて、いろいろ思い悩む性質《たち》の娘なのかもしれない。

ちょうど井戸端で洗濯をしているおかみさんがいたので、

「ここのおたつだがな。昨夜から今朝にかけて見てねえかい？」

と、銀蔵が声をかけた。

「見てませんね」

「勤め先にも来てねえんだがな」

「実家にでも帰ったんじゃないですか？」

「実家はわかるか？」

「深川の熊井町《くまいちよう》で、下駄《げた》屋をしてるって」

二人はそこから足早に永代橋を渡った。


熊井町の下駄屋はすぐにわかった。

店先で、丸顔の男が下駄に鼻緒をすげていた。

「ここは、おたつの実家かい？」

銀蔵が訊いた。

「ええ。おたつがなにか？」

「ちっとな。心配するな。捕まるようなことをしたわけじゃねえと思う。ただ、訊きたいことがあるのに、勤め先に出て来てねえもんでな」

「長生楼に？」

「ああ。おたつは、よく来るのか？」

「去年、母親が亡くなるまではよく来ていたんですが、このところあまり来てませんね」

「近ごろでは、いつ来たんだ？」

「ひと月ほど前でした」

「なにか変わったことは？」

「とくには。ただ、表情がいくらか明るくなってましたね」

「男でもできたのかな」

「そうかもしれませんね」

「長生楼は長いのか？」

「一年くらいです。あれは、子どものころから縁起を担ぐところがありまして、自分は辰年《たつどし》の巳《み》の刻生まれで、長いものに縁があると、思い込んでました。ほんとはもっといい働き口もあったのですが、長生楼というのは長いものを食わせる料亭だから、あたしにぴったりなんだと言って、奉公に行ったんです」

「ふうむ」

若い娘が縁起を担ぐのはめずらしくないが、そこまで熱心だと、神信心のようになっているのかもしれない。

「もしもおたつが、どこかに泊まりに行くとしたら、思い当たるところはねえかい？」

「さあ、わかりませんね」

結局、なんの手がかりも得られなかった。

六

十四郎も銀蔵も、朝から昼飯を食う暇もなく動いている。

永代橋を西側に渡って来るときには、遠くで富士《ふじ》が夕陽に染まっているのが見えた。川風が心地好《よ》い。その川風が、着物の腹のあたりをはたはたと叩《はた》いた。

「十四郎さん。腹が減りましたね」

「おいらは、死体を三つも見て、まだ腹が空《す》かないんだよ」

「そうでしたか」

「気になって、飯どころじゃない」

十四郎は、さらに足を速めた。

長生楼の前に来ると、中間《ちゅうげん》が年寄りと話している。

「あ、ちょうどよかった。谷崎さま。この隣のご隠居さんが、ぜひ、お伝えしたいことがあるんだそうです」

隠居は八十を過ぎているだろう。身なりはかなり洒落《しゃれ》ているが、中身は皺《しわ》だらけで、絶えず身体が揺れている。つっかい棒を、三本ほど立ててやりたい。

「そうか。では、なかに入ってくれ」

と、十四郎が答えたのに、

「十四郎さん。ここは見せないほうがいいですぜ」

銀蔵は止めた。

「そうだな。わかった。じゃあ、お宅に行こう」

と、隣家に入った。

樹木の多い、こじゃれた隠居家である。

「なんだい、話とは?」

十四郎が訊いた。

「差し出がましいようですが、隣家が今朝から慌ただしいうえに、物々しいので、なにかあったのだろうと推察いたしましまして」

「それで?」

「あたしは八十八になりますが、耳はまったく衰えておらず、ネズミたちがあたしの悪口を言う声も聞こえるほどでしてね」

「……………」

十四郎は銀蔵を見た。どうも、だいぶ進んでいるぞと言いたいらしい。

銀蔵はうなずき、

「それで、なにか聞いたのかい？」

と、話を引き受けた。

「なにも聞かなかったですよ。夜も静かなものでした」

だったら、話というのは、なんなのか。

「じつはですな、あちらの長生楼のあるじの勘右衛門さんと、本日、売買契約をおこなうはずだったのです」

「売買契約？」

急に言葉が難しくなった。

「はい。うちの家を離れにして使いたいというので、勘右衛門さんにお売りすることにして、その契約が今日で、代金もいただくことになっていたのです」

「そうなのか」

「聞いてくだせえよ」

今度はすがりつくような口調になった。

「なんだ？」

「深川の櫓下《やぐらした》に、〈姫宮《ひめみや》〉という女郎屋がありまして」

「大層な名だな」

「そこに、はまゆうという女郎がいるのですが、これがいい女でして。あたしはベタ惚《ぼ》れなんです。それで、この先の人生は、はまゆうの部屋で過ごそうと決めたわけです」

「決めたって、向こうもいいと言ったのかい？」

「それはもちろんです。なにせ、向こうもあたしにベタ惚れですから」

隠居は不気味な顔で笑った。

「やるもんだな」

自分も八十八になったとき、これほどの色欲があったらたいしたものである。

「まあ、多少は金の力もあるとは思うのですが」

「多少はな」

櫓下の女郎にだって、敬老の気持ちがないとは言い切れない。

「それで、貯め込んでおいた二百両に、この家を売る代金と合わせて、五百両ほど持って、はまゆうの部屋に転がり込もうって寸法だったのですがね」

「三百両を今日、もらうはずだったのか？」

「そうなのです。もし、それが入らないというと、たった二百両になってしまいますが、おそらくはまゆうはそれでもいいわ、ご隠居さんと……」

「十四郎さん」

これ以上、隠居の戯言《ざれごと》を聞く必要はない。

「ああ」

急いで長生楼に飛び込んで、帳場から旦那《だんな》の部屋にいたるまで、捜し回った。

「三百両はありませんね」

「やっぱり金が目当てだったのか」

十四郎は悔しそうに言った。

七

ここまでわかったことを、臨時廻《まわ》りの桑山と報告し合った。

「こういうのは、内部に下手人がいることが多いんだ」

と、桑山は言った。

じっさい、そうなのだが、銀蔵にはあの四人のなかに下手人がいるとは思えない。

「今夜は、あの四人は家には帰さねえほうがいい。それで、家捜しをする。もしかしたら、三百両が出てくるかもしれねえ」

「なるほど」

と、十四郎がうなずいた。

「おめえたちは、今夜は帰ってくれていい。もしかしたら、明日《あした》の朝には盗まれた金は見つかり、下手人も縛り上げているかもしれねえけどな」

桑山は十四郎をからかうように言ったが、そう簡単にはいかないことはわかっているのだ。

中間も五人ほど詰めているし、今夜は桑山たちにまかせて帰ることにした。

大川の支流に架かる崩橋《くずればし》を渡りながら、

「銀蔵は今日もおけいの店か？」

と、十四郎が訊《き》いた。

「ああ、どうしましょうかね」

じつは、そのつもりだった。若者に見透かされるのは恥ずかしい。

「おいらも寄ろうかな。腹も減ったし、家で晩酌なんかしたら、おやじに張り飛ばされるんでね。ま、そんな元気はなくなっちまったけどな」

おけいの店に来た。

店に充満している匂いを嗅《か》いですぐ、

「お、アナゴじゃねえか」

と、銀蔵が言った。

「魚屋が持って来たんですよ」

おけいは、魚河岸の混雑が苦手だというので、出入りの魚屋に調達を任せてしまっている。その魚屋は、面倒な魚は捌《さば》いてから届けてくれるらしい。おそらくアナゴも切り身にして持ってきたのだろう。

「どれどれ」

鍋《なべ》で煮ているところをのぞいた。

「銀蔵さんに見られたら恥ずかしい」

「そんなことは気にするな。うん、いいアナゴだよ」

「ほんとは自分で捌けたら、頭や骨も使えるんでしょうけど、ぬるぬるしたのは、どうも苦手なんですよ」

「確かに、気味のいいもんじゃねえわな」

煮上がったアナゴを皿に盛って出してくれる。

「うまいよ」

銀蔵は一口食べて褒めた。柔らかくて、味も浸み込んでいる。

「炙《あぶ》ってくれというお客さんがたまにいるけど」

「まあ、味覚ってえのは好みがあるから、そのほうが好きな人もいるのだろうが、アナゴは炙らねえほうがうまいね」

「ですよね」

「もっとも、アナゴは夏場のほうが脂がのってうまいが、冬場は脂が落ちる。そのときはちっと工夫したりするけどな」

「そうなのね」

「じつは、内密の話だけど、殺しの現場にアナゴがあって、そのヘソが、なぜかくり貫《ぬ》かれていたんだよ」

十四郎が言った。

「アナゴのヘソが？」

おけいはそう言って、微妙な目で銀蔵を見た。

銀蔵は黙ってうなずいた。

そんな微妙なやりとりには気づかず、

「なんでなのか、二人でずっと考えてるのさ」

と、十四郎は言った。

「谷崎さま。ヘソがくり貫かれてたら、ヘソクリなんじゃないですか？」

「ヘソクリ？」

「そうですよ。身内の誰かが、下手人に報《しら》せたの。この家には、ヘソクリがあるって。それが殺しの理由になったのでは？」

「ヘソクリときたか」

銀蔵は苦笑した。

「でも、アナゴにヘソがあるなんて知らなかった。ほんとにヘソなんかあるのか？」

十四郎は改めて気がついたように、銀蔵に訊いた。

「ありますよ。見せましょう。持って来ますよ」

と、銀蔵はすぐに銀寿司から、アナゴを持ってきた。まだ生きている、大きなアナゴである。

これをまな板にのせ、目釘《めくぎ》を打って、ウナギ同様に背開きにしていく。

「ヘソを目印にして包丁を入れるんですよ。ヘソんところまでは骨が三角で、そこからは骨が平たくなる」

「ほんとだ」

「ヘソを境に、頭側の上身、尾側の下身とわけるんですが、ふつう魚は頭に近いほうがうまいことが多いんです。ところがアナゴは下のほうがうまいんですよ」

「そうなのか」

「ところで、アナゴの血は毒だってのは、ご存じでした？」

「毒？」

「それもあって、血はきれいに取っているんです。アナゴだけじゃありませんぜ。ウナギにも、ハモにも、長い魚の血は、どれも毒なんです」

「ウナギもハモもか？」

「フグほどじゃねえんで、これで人を殺すまでは難しいですが、覚えておいてください」

「ああ。驚いたね」

そこへポワンと通詞の小田部一平が顔を出した。

ポワンが嬉《うれ》しそうな声を上げ、

「大好物なんですよ、ポワンさんは」

　と、小田部が言った。

「でもね、じつは……」

　おけいが、殺しの現場に、ヘソをくり貫かれたアナゴがあったことを教えた。

　すると、ポワンは興奮したようにいっきになにか言い、

「日本人は、雷が鳴ると、ヘソを隠しますね。雷がヘソを取ると信じていると聞きました。アナゴもそれでしょう」

　と、小田部が訳した。

「それってなんだ？」

　十四郎が訊いた。

「目立ちたい悪党は、よく現場に目印を残したりしますよね。下手人はそれをしたんです。つまり、下手人は雷にちなむ名前を持っているのです。稲妻《いなずま》小僧とか雷門《らいもん》一家とか、そういう悪党たちがいるはずだと、ポワンさんは言ってますよ」

　これには銀蔵も呆《あき》れて、

「おいおい、ヘソクリ説が出たかと思えば、今度は雷説かい」

　と、頭を抱えたのだった。

八

翌日——。

銀蔵は、北町奉行所には行かず、まっすぐ長生楼に行くと、すでに臨時廻《まわ》りの桑山も、十四郎も出て来ていた。

「遅くなってすみません」

銀蔵が頭を下げると、

「金は出ねえな」

と、桑山は言った。昨夜、使用人の四人を帰さず、家捜しを敢行したのだ。

「そうですか」

「となると、手がかりは、ヘソを抜かれたアナゴと、消えたおたつだけかよ」

桑山はうんざりしたような顔で言った。

「桑山さま。おたつの評判はどうでした？」

「誰に訊《き》いても、いい娘だと言ってるよ。だいたい、おたつは小柄で力もないし、あんなことはできるわけがねえ。それが、出て来てねえってことは……おい、銀蔵」

桑山の表情が変わった。

「もしかしたら、殺されているかもしれませんね」

「なんてこった」

「でも、殺されるとしたら、下手人が三人を殺すところを目撃していて、かつ、おたつも姿を見られた場合ですよね」

「そうなるな」

「でも、あっしはおそらくそのあとに、おたつを見かけているので、うまく逃げ出せたんだと思います」

「そうなるか」

桑山だけでなく、十四郎もホッとした顔をした。

「それで、あっしは昨夜、おたつの気持ちってのをずっと考えましてね」

「おめえが、おたつの気持ちをな」

桑山がからかうように笑った。

「たしかに若い娘の気持ちってのは、推し量りにくいところがあります。でも、おたつは、辰年《たつどし》の巳《み》の刻生まれというのにこだわって、長いものが自分を幸せにするみたいに思っていたらしいんです」

「ふん」

　桑山は、それがなんだという顔をしている。

「四人のなかに、長吉っていう若い板前がいますよね」

「いるな」

「長い吉ですぜ」

「お。ほんとだ」

「縁起を担ぐおたつには、気になる男だったんじゃないかと思いましてね」

「あり得るな」

　桑山はそう言ったが、

「でも、長吉って、見た目はまるで冴《さ》えねえ男だぞ」

　と、十四郎は言った。

「そうですね。でも、板前としての腕は、たぶん悪くないですぜ」

　この前の料理はどれもうまかった。板長だけ腕がよくても、あんなふうにどれもうまいお膳《ぜん》というのはつくれない。

「だったら、訊いてみようぜ」

　十四郎が勢い込んで、蘭の間に向かった。

九

長吉を呼び出して、別の部屋に入ると、長吉を挟むように、十四郎と銀蔵が座った。

「なんですか？」

長吉は不安げな顔をした。

「もしかして、おたつとおめえは、いい仲だったんじゃねえかと思ってな」

銀蔵はいきなり言った。

「え？　なんで、また？」

「そうじゃねえのか？」

「………」

長吉は叱られたみたいに、深くうなだれた。

「おっと、咎《とが》めようってんじゃねえぜ。やっぱりそうだったのか？」

「誰にも話してなかったんですが、なんでわかったんです？」

「おたつのほうが、熱心だったんじゃねえか？」

「ええ。長吉さんは素敵だみたいに言われて。おたつは可愛くて、気立てもいいし、こんな、あっしのどこが？　と思いましたが、おたつは本気みたいで」

名前で得をしたことには気づいていないらしい。

「いい仲になったのか？」

「ええ、まあ」

「誰か知ってるのか？」

「知らないと思います」

「それでだぜ、おたつはたぶん、あの殺しがあったとき、忘れ物でもして、ここにもどって来たんじゃねえかと思うんだ」

「ああ、おたつはよく忘れ物をするんです」

「そうか。そのとき、おたつは下手人を見てしまったんだ」

「なんてこった」

「だが、おたつはなぜか、それで番屋に駆け込んだりはしなかった。ただ、おめえにだけは、下手人を報《しら》せたかったんじゃないかと思うんだ」

「はあ」

「思い当たることはねえかい？」

「思い当たること？」

「アナゴのヘソをくり貫《ぬ》くことだよ。あれは、おたつがおめえになにか教えたくてやったことみたいなんだ」

「いやあ、ありませんよ」

あるはずなのだ。なぜ、ヘソなのか。そこになにかあるのだ。

「あれは、おれたちはヘソと言ってるが、じっさいはヘソじゃねえんだよな」

「ですよね」

と、長吉はうなずいた。

わきから十四郎が、

「えっ、そうなのか?」

「ええ。あれは、ケツの穴なんです。糞《くそ》をひり出すところですよ」

と、銀蔵は言った。たぶん、おけいも知っている。だから、あのとき微妙な顔をしたに違いない。

「そうか。食いものだから、わざとヘソと言っているのか」

「そうだと思いますぜ」

すると、長吉はぴしゃりと膝《ひざ》を叩《たた》いた。

「そういえば、思い出しました。おたつにも、そのことを教えたことがありました」

「ほう」

「すると、おたつはずいぶん面白がって、〈平口屋《ひらぐち》〉さんみたいだって」

「平口屋？」

聞き覚えがある。

「新川《しんかわ》にある料亭ですよ。うちの旦那《だんな》とも親しくしてたんですが。そこのあるじは、代々の姓があって、穴尻《あなじり》っていうらしいんです」

「穴尻？」

「変わった姓でしょ」

「沢尻《さわじり》とか田尻《たじり》ってのは聞いたことがあるが、穴尻はめずらしいな」

「ですよね。それで、それを屋号にするととても流行《はや》りそうにないので、穴は平たく、尻は反対の口にして、平口屋としたんだそうです」

「そうなのか」

「おたつはそれを思い出し、アナゴのケツの穴をヘソにしてるのは、平口屋さんみたいだと笑ったんです」

「でも、おたつがそれをおめえに教えようとしたということは？」

「平口屋さんが下手人なんで？」

「ああ。おいらには臭ってきたぜ」

「そういえば……」

長吉は頭に手を当てた。

「なにか、思い当たることはあるのか？」

「じつは、あっしはその平口屋さんから、うちに来ないかと誘われていまして」

「そうなのか。だが、あるじ同士は親しいんだろうよ」

「親しいといっても、やはり商売敵ですからね」

「直接、平口屋のあるじから誘われたのか？」

「それもありますが」

「なんだ？」

「仲居のおきみさんなんですが、その平口屋の旦那と……」

「できてるのか？」

「親しいみたいで、近ごろはそのおきみさんからも、決めちまいなと言われていたんです」

「おきみってのは？」

「いい人ですよ。おたつも可愛がってもらっていたし、慕ってもいたと思います」

「ふうむ」

仲居なら、ここのあるじがわきの家を買い取って離れにしようという話も知っていただろうし、昨日が契約の日だったことも耳にしていたかもしれない。それが、おきみから平口屋に洩《も》れ、あげくはあんな凶行がおこなわれてしまった。

「銀蔵。おきみは、平口屋と共謀したのかな？」

と、十四郎が言った。

「いやあ、そんなふうには見えませんでしたがね」

「そうだよな」

「平口屋がやったかもしれないと、チラリとは思ったかもしれませんが、まさかと疑いを自分で封じ込めたりしてるんじゃねえですか」

「なるほど。だが、おたつのほうは衝撃だったろうな。世話になっているし、慕ってもいたおきみのいい人だし、ましてやおめえを引き抜こうとしていたくらいだからな」

「でも、あっしは長生楼を辞めようなんて、これっぱかしも思ってませんでしたし、おたつも同じ考えでした」

と、わきから長吉が言った。

「だろうな」

　と、銀蔵はうなずき、

「だが、おたつは怖いのと、頭が混乱しちまったのもあるだろう、番屋には飛び込まず、どこかに逃げちまった」

「そうなんですね」

「それで、おたつの居どころなんだがな」

「実家じゃないんですか？　親は亡くなりましたが、兄がいると聞いてます」

「実家にもいなかったよ。ほかに心当たりはねえかい？」

　長吉は少し考えて、

「以前、ここにいた女中のおつるとは親しくしてました。長屋の部屋もいっしょでしたし」

「そのおつるは？」

「嫁にいったんです。確か、呉服町新道《ごふくちょうじんみち》にあるそば屋と言ってましたが」

　荒布橋ですれ違ったのは、呉服町に向かったからだろう。

「よし、行くぜ」

　十四郎が気負いこんで言った。

十

「ちっと待ってください、十四郎さん」

銀蔵が止めた。

「ん？」

「たぶん、おたつは誰も信じられなくて、頑《かたく》なになっていると思いますぜ」

「そうか」

「あっしらが問い詰めても、話すまではかなり苦労するかもしれませんよ」

「じゃあ、どうする？」

「長吉。いっしょに来てもらえねえか？」

ということで、三人で呉服町に向かった。

ここは北町奉行所からも近い。そば屋もすぐにわかった。のれんには〈福寿庵〉とある。

「なんだ、ここか。おいらは何度も入ったことがあるよ」

そう言いつつ、十四郎がのれんを分け、三人でなかに入ると、

「あ、長吉さん」

客の相手をしていた若い女は言った。

「おう、おつるちゃん。おたつ、来てるだろ？」

「ええ、まあ」

どこまで話を聞いたかわからないが、表情が硬くなった。

「話がしたいんだ。呼んでくれねえか？」

「わかった」

おつるは奥に入って行くと、しばらくして、おたつが出て来た。

「ちっと、そっちで話そう」

お濠《ほり》沿いの道のところに来ると、おたつは後ろから来た十四郎と銀蔵を振り返って、

「あたしはなにもしてません。ただ、忘れ物してもどっただけで」

と、激しく首を横に振った。

「大丈夫だよ、おたつ。お前のことを疑ってるわけじゃない」

長吉がわきから言った。

「アナゴの合図は見てくれた？　あたし、どうしたらいいかわかんなくなったけど、

長吉さんにだけは誰が下手人か教えなくちゃって思って……」

「うん。平口屋さんなんだろ？」

「そう。信じられなかった。あたし、見られたかも」

「見られたと思って逃げたのか？」

銀蔵が訊いた。

「それもあるし、平口屋さんはいい人だと思っていたのが、まさかあんなひどいことをするなんて！」

と、長吉の肩にすがって、泣き出してしまった。

十一

「銀蔵。平口屋だ」

と、十四郎は言った。場所は、同じ霊岸島の新川沿いにあるというのも聞いた。

「十四郎さん、ちょっと待ってください。その前におきみに話を訊《き》きましょう」

「仲居の話を？」

「大きな悪事ほど、周囲を固めたいんでさあ」

「そうか」

長生楼にもどって、蘭の間からおきみを別の部屋に呼び出した。

「おめえには辛《つら》い話だろうが、ここで三人を殺したのは、平口屋だぜ」

と、銀蔵は言った。

「………」

おきみの顔全体が急に力を失い、そのまま溶けてしまうような表情になった。

「おめえがそそのかしたわけじゃねえよな?」

「そそのかした? 滅相もありません」

「だったら、ちゃんと答えろ。昨日、勘右衛門が三百両を用意していたことを、平口屋にしゃべったのは、おめえか?」

「はい。あたしは隣のご隠居がそう言って自慢してたので、それを面白おかしく話しただけなんです。まさか、あの人が、そんなことをするなんて」

「平口屋ってのはどういうやつなんだ?」

「ずいぶんな苦労人ですよ。もとは、西国のお侍だったんですが、同僚の使い込みの罪をおっつけられて藩を追われ、江戸に出てきたそうです。それで、もともとお殿さまの食事を担当するお役目で、料理にも素養があり、板前から始めて、自分の料亭を持つまでになったと言ってました」

「そうなのか」

「でも、料理の腕はともかく、女将さんにした人ってのが、金遣いが荒かったりして、いつも資金繰りには苦労してるって」

「なるほどな。これで、だいたいのところはわかりましたね」

と、銀蔵は十四郎を見た。

「そうか、元侍か」

十四郎は、ぽつりと言った。

「ふん縛るのに苦労するかもしれませんぜ」

「油断はしねえさ」

中間《ちゅうげん》を二人、同行させることにして、小網町の番屋に立ち寄り、六尺棒の代わりに刺又《さすまた》を借りて持たせた。

十四郎が平口屋の玄関口に立った。

「あるじはいるか？」

十四郎は大声で怒鳴った。かなりいきり立っている。

奥から憮然《ぶぜん》とした面持ちの男が出て来て、

「あたしがあるじの庄蔵《しょうぞう》ですが、なんでしょうか？」

「長生楼の殺しのことで話が訊きてえんだ。ちっと、番屋まで来てくれるか」

「なぜ、あたしが？」

「それは、番屋で話すよ」

「支度して参ります」

と、奥に引っ込んだ平口屋だが、ふたたび出て来たときは、刀を手にしていた。

「平口屋。歯向かうか」

十四郎は刀に手をかけた。

「どうやら惚《とぼ》け切るのも難しそうですので、手向かいさせてもらいますか」

そう言って、刀を抜き放ち、いきなり鞘《さや》を投げつけると同時に、十四郎めがけて突きかかってきた。すばやい動きである。

「うおっ」

十四郎はのけぞってかわし、いっきに後退した。

しかも、その勢いのまま、平口屋は銀蔵も突いてきた。

柱の陰に回り、十手で刀を叩《たた》いた。折ることはできなかったが、平口屋の勢いは止まった。

「十四郎さん。焦らずにやりましょう」

「わかった」

いったん後退して、玄関から外に出た。

平口屋は刀を正眼に構えながら、十四郎たちを追うように外に出て来た。

こっちはさらにじりじりと下がると、

「逃げるのかよ」

平口屋は苛立《いらだ》ったように言った。

「逃げやしねえ。ただ、おめえを逃げられなくするのさ」

「糞《くそ》っ」

平口屋の目が周囲をさまよいだしている。諦《あきら》めてはいない。逃げ道を探しているのだ。

視線が留まった。右手の庭の奥が築山《つきやま》になっていて、大きな石が置かれている。その上に乗れば、隣家の庭に飛び込むことができる。

「あいつは、築山の石に上がって、塀を乗り越えるつもりですぜ。飛び乗ったところで、皆で足を狙いましょう」

銀蔵は言った。

「ううっ」

これで平口屋はやれなくなった。

四人が取り囲むかたちになった。誰を攻めても、わきから助けの手を入れられる。

「疲れさせりゃあいいいんです」

「そうだな」

すると、外から声が聞こえてきた。

「そこだ、平口屋は」

桑山の声である。捕り方をかき集め、駆けつけて来たのだ。

「これまでか」

平口屋は刃《やいば》の向きを変え、自分の腹に深々と突き刺していた。

十二

「大手柄ですよ」

銀蔵は、谷崎十三郎を見舞いがてら、瓦版《かわらばん》を見せた。次の日の朝には、すでに日本橋のあたりで売られていた。いかにも谷崎十四郎を思わせる若い同心が、剣をふるう絵までつけられている。

十三郎は蒲団《ふとん》の上に座っていて、

「ほんとのところはどうなんだ？」

小声で訊いた。

十四郎は暮れ六つに奉行所からもどったあと、部屋で書見でもしているらしい。

「一生懸命やってます。それに、肝も太いし、剣術も達者ですし、あと五年もしたら……」

「いや、十年はかかるよ」

「十年したら、立派な同心になっているでしょう」

「欠点は？」

「欠点？」

「あいつには駄目なところがあるはずだぜ」

「いくらか早合点というか早飲み込みというか」

十三郎はにやりと笑って、

「さすがだな。親が心配したのといっしょだよ」

「そうですか。でも、若くて、頭が切れると、どうしてもそういう傾向はありますからね」

「いや。そこをうっちゃっておくと、癖がつき、役立たずの同心にもなりかねねえだろうよ」

「まあ、そうなんですが」

「そこを厳しく仕込んでやってくれ」

「わかりました」

銀蔵はうなずいて、十三郎の顔色を窺《うかが》った。この前より、血色はいい。ただ、少しむくんでいる気がする。

じつは、ここに来る前、浮世小路の矢沢精庵のところに寄って、十三郎の容態を訊《き》いてきたのだ。

「膈《かく》という病がある」

と、精庵は言った。

銀蔵はどきりとした。弟が膈胃で十年ほど前に死んでいる。苦しみ抜いての死だった。十三郎にあんな思いは味わってほしくない。

「当人も、そう思っているみたいだった」

精庵はそうも言った。

「ほんとにそうなので？」

「わしは違うと思う」

「ああ」

ホッとした。死病ではないのか。

「わしは脹満《ちょうまん》だと思う。脚気《かっけ》ともいう」

「江戸煩いですか」

わずかなおかずで白米をむやみに食べるため、ビタミンB_1が不足して起こる病だが、当時はそんな理由などまったくわかっていない。田舎にはない病というのはわかっていても、それは白米よりも玄米だの、粟《あわ》や稗《ひえ》、うどんなどを食うからだとは思いつかない。

「江戸煩いも、だいぶ重い」

「あれは腫《は》れるんじゃねえですか」

「そろそろ腫れてくると思う。いまは手がしびれ、身体が重くて、歩くと息切れがしているはずだ。腫れてしまうと、そのうち心ノ臓がやられるのだ」

「ああ」

銀蔵にも思い当たった。この前の十三郎はまさにそんなふうだった。

「治らねえので？」

「田舎に行くか？　治るかもしれぬぞ」

谷崎十三郎が、いまさら田舎暮らしをするとは思えなかった。あの人は江戸に生きて、江戸の町をこよなく愛してきたのだ。江戸の雑踏に、湯にでもつかるようにまぎれ込み、泣いて笑って必死で生きる町人たちを慈しんできたのだ。そういう人たちを守るため、命をかけてきたのだ。銀蔵はなにも言えず、精庵の家を辞去してきたのだった。

十三郎は、銀蔵が手土産に持って来た海苔《のり》巻きをうまそうに食べた。じつは、海苔にはビタミンBが豊富に含まれている。これを日に三度、二、三枚ずつでも食べれば、やがて病は快癒するはずだが、じれったいけれど、当時の人はそれを知らない。

三つめの海苔巻きをつまみながら、十三郎は、

「それとな、銀蔵。おめえには、なんとしても伝えておきたいことがある」

「なんでしょう？」

「夜明けの蛇蔵が、また江戸にもどって来たみたいなんだ」

「なんですって」

二十年前の日々が蘇《よみがえ》る。女房の死で、銀蔵は追跡をやめ、それと機を合わせるよ

うに、蛇蔵は江戸から姿を消していた。

「この前、芝で起きた押し込みが、野郎の手口そっくりだった」

「そうなので」

「おいらたちは、もう少しのところまで追い詰めたはずだったのにな」

「申し訳ありませんでした」

「おめえが謝ることはねえ。あのあと、どうも京都、大坂にかけて盗みをつづけていたみたいでな。一度はおいらが大坂に、野郎の手口を教えに行かされたこともあったんだ」

「そうだったので」

もう銀蔵は、十手を返していたので、奉行所内のこともまるで耳に入らなくなっていた。

「また、追いかけることになるかもしれねえぜ」

「そうですか……」

十三郎ならともかく、せがれの十四郎といっしょに、あのしたたかな悪党を捕まえることなどできるのだろうか。銀蔵は、闇のなかに踏み出していくような、覚束《おぼつか》ない気持ちになっていた。

本書は書き下ろしです。

寿司銀捕物帖《すしぎんとりものちよう》

イカスミの嘘《うそ》

風野真知雄《かぜのまちお》

令和6年 9月25日 初版発行
令和7年 1月15日 3版発行

発行者●山下直久

発行●株式会社KADOKAWA
〒102-8177 東京都千代田区富士見2-13-3
電話 0570-002-301(ナビダイヤル)

角川文庫 24330

印刷所●株式会社KADOKAWA
製本所●株式会社KADOKAWA

表紙画●和田三造

ISBN 978-4-04-115373-4 C0193

◆◇◇